咖啡館·推理事件簿6·

盛滿咖啡杯的愛

珈琲店タレーランの事件簿6

コーヒーカップいっぱいの愛

岡崎琢磨／著　林玟伶／譯

目次

塔列蘭咖啡店的人們

青山
喜愛咖啡的青年。塔列蘭咖啡店的常客。

切間美星
塔列蘭咖啡店的咖啡師。興趣為解謎。

藻川又次
美星的舅公。塔列蘭咖啡店的店長兼主廚。

查爾斯
塔列蘭咖啡店飼養的暹羅貓。

咖啡館
·推理事件簿6·

序章

某個老人的餘生

柔和的秋日陽光灑落簷廊。

他坐在藤椅上，閉著雙眼，彷彿在沉睡。從遠處可見的湖泊吹來既涼爽又舒適的風。庭院的樹籬傳來沙沙聲，是麻雀發出的聲響嗎？這是一段悠閒平靜，身心都完全放鬆下來的時光。他覺得能夠像這樣獨自在自己的「城」裡靜靜結束人生也不錯。

在大約兩個月前，他連續好幾天感到身體莫名沉重，便前往市內的綜合醫院就診。人變老之後常會遇到這種事，所以他並沒有特別放在心上，但醫生出乎意料地安排他接受好幾項檢查，告訴他之後再來看檢查結果。那天他懷著茫然不解的心情踏上了回家的路。

一週後，他接到醫院打來的電話，要他帶著家人一起來聽檢查結果。當他告訴對方自己沒有家人時，心中已預料到結果應該不太樂觀。醫生在診間裡告訴了他病名，但他從未聽過。這是跟血液有關的癌症，頂多只能再撐三年左右。

很不可思議地，他並不怕死。這樣啊，原來我要死了——他以平靜的心情接受現實。畢竟他已經活了超過六十年，雖然直到最後都沒有結婚，但也因此過著隨心所欲的生活。雖然規模不大，他在故鄉也建了自己的「城」——而且，就算自己死了，作品也會留在這世上吧。

這樣不就夠了嗎？這是一場值得高呼萬歲的人生。他已經沒有任何遺憾了。沒有任何遺憾。

樹籬那邊又傳來沙沙聲。當他正覺得這聲音聽起來不像麻雀時，隨即感覺到顯然是巨大生物的氣息，於是他睜開了雙眼。

「那個……」

站在眼前的是個年紀大概是國小中年級的女孩。

她穿著白色圓領襯衫與藍色吊帶裙，右手臂有條綠色的線，應該是穿過樹籬縫隙時不小心弄髒的吧。而且他還眼尖地發現女孩背在肩上的托特包裡放了素描本。

「對不起，我擅自闖了進來。」

女孩喃喃吐出這句話後就陷入沉默。她低垂著的臉看起來就像熱狗麵包，十分惹人憐愛。

他知道自己的外表頗嚴肅，時常讓對方感到畏懼。所以雖然他很難擠出和善的笑容，仍舊努力地用較為溫和的語氣說：

「小妹妹，怎麼了嗎？這裡是我的家喔。」

女孩抬起臉，伸手指向庭院角落。

「那邊的花很漂亮，我想要用它來畫素描。」

他所照料的秋海棠就種在那裡，已經開了小小的花。從樹籬外的道路似乎也能看到淡紅色的花瓣。

「小妹妹，妳很喜歡畫畫嗎？」

「因為老師出了作業，叫我們畫素描。我在找可以畫的東西，結果就跑進這裡了。我不知道這裡是別人的家。」

他伸手指向簷廊。

「別客氣，妳就在這裡盡情地畫畫吧，想坐著的話可以坐在這裡。」

「謝謝你，老爺爺。」

女孩低頭道謝後，便在他指示的地方坐了下來。她從包包裡拿出細長的筆盒，裡面放滿了色鉛筆。

然後女孩就開始畫畫了。四周只傳來色鉛筆在紙上遊走的聲音，他在椅子上時而睜眼時而閉眼，偶爾也會打個盹。後來他想起今年收到的中元禮盒裡有罐裝果汁，便起身去拿過來，把果汁倒進放了冰塊的玻璃杯並遞給女孩，結果她高興地露出如花朵般的笑容。

已經過了大約一小時，女孩似乎還是畫不出自己想要的畫。她用左手拿起粉紅色鉛筆，在翻過好幾頁的紙上畫線之後，便沉吟了起來。

他從藤椅上站起來，坐到女孩身旁。

「妳的筆稍微借我一下。」

他在素描本的空白頁面俐落地畫出秋海棠。過了大約十分鐘，一張簡單的素描便完成了。

他將素描本還給女孩後，她驚訝地張大嘴巴，直盯著那張畫看。

「老爺爺，你畫得好漂亮。真厲害！」

他覺得自己好像欺騙了女孩，不禁露出苦笑。

「我啊，其實滿會畫畫的。這樣應該能讓妳在畫作業時稍微參考一下吧？」

「嗯。謝謝你。」

後來女孩開始模仿他的素描，總算畫出她覺得滿意的畫。女孩一邊把素描本拿給坐回藤椅的他觀看，一邊小心翼翼地開口問道：

「這幅畫怎麼樣？」

「妳畫得很好呢。我在妳這個年紀時畫得還沒有妳好看。」

「真的嗎？太好了！」

他一邊看著女孩發出銀鈴般的笑聲，一邊想到如果自己有孫子，年紀大概也跟這女孩差不多大。

「謝謝你今天讓我在這裡打擾。」

女孩把素描本收進包包裡，很有禮貌地向他告辭。等到他回過神來時，已經對女孩吐出這麼一句話：

「妳隨時都可以再來玩。」

他說完之後就後悔了。女孩只是在尋找作業所需的素描題材而已。她不可能想跟素昧平生的老人保持來往。我到底在自以為是什麼呢——

女孩霎時愣了一下，彷彿無法理解這句話的意思，但馬上就充滿活力地回答他：

「好！」

他將身體靠在藤椅椅背上，再次閉起雙眼。逐漸遠去的腳步聲在耳邊迴盪了一陣子。

他一直以為自己接下來只剩等死而已。事到如今，他根本不期待會有新的相遇。

雖然女孩給予肯定的回答，但她恐怕不會再來了吧。即使如此也沒關係。光是能獲得一段足以放鬆心情的短暫時光，就讓他十分感激了。

而且那個女孩身上有種莫名的熟悉感。和當時的她很相似——

他搖搖頭。因為他已經沒有任何遺憾了。

久遠的記憶彷彿被少女閃耀的笑容照亮似地浮了起來，他一邊將它悄悄藏回心底，一邊覺得今天發生的事就像是秋海棠的花朵，替自己已迎向冬季的生命增添些許色彩，他肯定難以忘懷。

但此時的他還不知道，他原本以為即將平穩地結束的人生，其實早已像暌違多時後又上緊發條的擺鐘一樣重新動起來了。

第一章

摔破的咖啡杯之謎

1

一般來說，人類是沒有預知能力的。

我會特地加上「一般」兩字，是因為世上或許真存在著具有預知能力的人，所以才語帶保留。如果想斷定絕對沒有，那就是惡魔的證明。不過，若假設目前地球的人口為七十億人的話，其中應該有大約六十九億九千九百九十九萬九千九百人沒有預知能力，所以我用「一般」來形容是沒有問題的。

我聽說自然界的動物會進行大遷移，藉此躲避即將來臨的災害。野生動物或許擁有類似的預知能力。但是，單就人類而言，我活了將近四分之一個世紀，目前還沒見過任何具有預知能力的人。這裡所說的「任何」當然也包括我自己。

某位小說家曾在社群網站寫下了這段話。「在確定可以出道之前，我一直覺得自己根本不可能成為小說家。就算已經確定可以出道了，也一直認為自己的書肯定賣不好。但結果全都出乎我意料之外，到現在仍能以小說家的身分維生。人生不會照著預測的情況發展。不管怎麼料想都是沒用的。」

人類沒有預知能力，所以預測也不準確。換句話說，事情發展往往出乎我們意料之外——在最近這三年裡，我被各種事件與紛擾耍得團團轉，深刻體會到這句話的真諦。而且今天也將是出乎意料的一天。

這件事發生在三月的最後一天，京都才剛發表櫻花開花宣言不久，想去哲學之道與鴨川沿岸漫步賞花的遊客在街上隨處可見。我坐在咖啡店的吧台前，啜飲著熱騰騰的咖啡。

為了追求理想的咖啡，我過去曾踏遍無數咖啡店與茶館，而這趟旅途的終點就是塔列蘭咖啡店。這間店位於京都市中京區二条通與富小路通的十字路口旁，店名取自留下咖啡名言的法國著名政治家之名——所謂的好咖啡，即是如惡魔般漆黑、如地獄般滾燙、如天使般純粹，同時如戀愛般甘甜。理所當然地，因為深受這間店的咖啡吸引，我經常待在這裡消磨時光。時光飛逝，再過幾個月，距離我初次造訪的日子就要滿三年了。一想到這段時間足以讓國高中生畢業，我便忍不住慶幸這裡並不是學校。

咖啡十分好喝，復古風格的店內播放著爵士樂，待起來非常舒適，但這間店的魅力並非只有這些。為客人沖煮咖啡的咖啡師切間美星小姐也是一名深具魅力的女性。

她的身材嬌小，五官十分可愛，黑色鮑伯頭是她的招牌特徵。她在店裡總是穿著白襯衫與黑褲，並圍著深藍色圍裙。她大我一歲，看起來卻比實際年齡還要年輕，容易給人穩重文靜的印象，但她其實有著一顆比磨過刀子還敏銳的腦袋，只要碰上不可思議的事件，就會以一刀兩斷般的手法俐落地解開謎團。

我和她一同遭遇並解決好幾樁事件，彼此的交情也在過程中變得愈來愈深厚。雖然我們現在還不算是情侶，但至少關係比朋友還要親密。不只是我，她應該也對此沒有異議。大概。或許。如果是這樣就好了……

話說回來，經常待在這間塔列蘭咖啡館的並非只有美星小姐一人。美星小姐的舅公藻川又次先生是店長兼主廚，雖然留了銀色鬍鬚的容貌看起來很內斂穩重，但自從五年前妻子過世後，他就變成了一個相當喜歡搭訕年輕女性的輕浮老人。總是戴在頭上的針織帽看起來也很適合他，不過真正的用意是為了遮掩日漸稀疏的頭髮。

主要工作是午睡跟療癒客人的查爾斯是一隻公暹羅貓，在發生某件事之後便養在店裡。牠可愛歸可愛，有時態度卻頗為囂張，我總覺得牠瞧不起我，但這或許只是被害妄想吧。總而言之，塔列蘭是由這兩個人和一隻貓在維持、經營的。

在將近傍晚的時候，店內四張桌子裡有一半坐著客人，包含我在內，還有三名客人坐在吧台前，生意還算不錯。喜好女色的藻川先生跟坐在餐桌位置的兩名年輕女性聊得很熱絡，查爾斯在吧台的椅子上蜷曲著身子睡覺。美星小姐以典雅的手搖式磨豆機喀啦喀啦地磨著咖啡豆，我這名常客則啜飲著咖啡。今天也會跟往常一樣，是個安穩的一天吧。我原本是這麼想的——但預測總是不會應驗。

「所以啊，我就讓他們搭上車，開車在路上高速奔馳。結果呢，在宇治的橋上……唔呃——」

藻川先生本來正充滿活力地談論著他去年夏天的英勇事蹟，這似乎是他非常喜歡的一段趣事，我已經聽過好幾次了，但他此刻突然發出奇怪的聲音，所以我便回頭看向餐桌。

他正緊緊地揪著自己的胸口。剛才聽藻川先生說話聽得很入迷的兩名女性則目瞪口呆地看著他。

「藻川先生，你還好嗎！」

我立刻從座位上站起來，跑到藻川先生身邊。老爺爺正痛苦地翻著白眼。就在這時，從吧台那邊傳來說話聲。

「真是的，叔叔，你又在裝病嚇唬客人了對吧？」

是美星小姐。她的語氣聽不出半點擔憂，眼睛仍看著手上的磨豆機，連頭也沒抬起來。

「青山先生，你別被叔叔騙了。他是在演戲。每年愚人節他都會玩這招。」

她稱呼我為「青山先生」。雖然她過去曾有一小段時間會直呼我的名字，但大概覺得不太順口，所以很快就恢復成原本的叫法了。

「可是愚人節是明天喔。」

我指出這一點後，美星小姐總算看向這裡了。

「叔叔該不會是搞錯日期了吧？又不是冒失的聖誕老人[1]。」

「這真的是演戲嗎？總覺得他看起來非常痛苦。」

我扶著藻川先生的肩膀這麼說。他正不斷地從喉嚨發出「唔呃」的聲音。

美星小姐把手洗乾淨後離開吧台，朝這邊走過來。接著，她仔細觀察藻川先生的眼睛，在他面前揮了揮手，並把手放在他心臟的位置上。

「……」

在沉默五秒鐘之後，美星小姐大叫起來：

「糟了——**叔叔會死掉！**」

我趕緊叫救護車，美星小姐則在已經躺下來的藻川先生耳邊不停呼喚著：「叔叔，你振作一點！」我們請客人先離開店內，由我代替抽不開身的美星小姐幫客人結帳。

不久後，救護車伴隨著警笛聲抵達，急救人員將藻川先生移到擔架上並抬出店外。由於擔架必須先穿過如雙胞胎般並排的住宅縫隙所形成的狹窄隧道，才能抵達塔列蘭，當成功通過隧道時，急救人員似乎鬆了一口氣。

美星小姐也以陪同家屬的身分一起搭上救護車。

「美星小姐，妳自己也要多保重。我等一下也會去醫院找你們的。」

當她坐上救護車時，我這麼說道。她表情僵硬地點點頭，救護車的後車門也在同時關了起來。警笛再次響起，救護車逐漸遠去，最後消失在視野裡。

而我則獨自一人佇立在富小路通上。剛才的警笛聲實在太響亮，此刻我感受到的寂靜因而比實際情況更強烈。

藻川先生會不會死掉呢？雖然很觸霉頭，我卻無法不去想這件事。恐懼感直到現在才湧上來，我的心臟附近傳來一陣顫抖。

救護人員告訴我，藻川先生會被送到東大路通的大學醫院。我想到自己並不是家屬，再怎麼心急也沒用，便決定用走的前往醫院。我花了約二十分鐘抵達醫院，向護士說明原委，坐在候診室的長椅上等待近一個小時之後，美星小姐才總算自醫院深處現身。

「他的身體狀況怎麼樣？」

「現在已經穩定下來了。叔叔被送上救護車的時候，急性發作的症狀好像就已經停止了。目前正在進行檢查。」

聽到藻川先生保住一命，我暫時放下心中的大石。

美星小姐在我身旁坐下，看起來十分疲憊。

1　冒失的聖誕老人，日本的聖誕歌曲，歌詞中提到冒失的聖誕老人在聖誕節前就急著跑出來。

「病名是什麼？」

「醫生說大概是狹心症。好像必須分幾個階段進行檢查才行，所以明天之後才會拿到正式的診斷結果。」

美星小姐嘆了口氣，以雙手托住臉頰。

「叔叔到了這把年紀還是活力充沛，所以老是不肯去醫院呢。他最後一次做健康檢查可能也是四年前的事了吧。」

「這樣真的不太好呢……都過了四年，身體的狀況肯定也會產生變化的。」

「早知道會這樣，就算必須採取強硬手段，我也該帶他去醫院檢查才對。明明之前也有太太的例子……」

她口中的太太是藻川先生的妻子藻川千惠。聽說來自大地主家族的千惠非常喜歡咖啡，所以才開了塔列蘭咖啡店。美星小姐在進入短大就讀時，離開故鄉搬到京都，並開始在千惠與藻川先生這對夫妻一同經營的塔列蘭打工，但不到兩年，千惠就因病去世。她的病情似乎在確診後就急速惡化。美星小姐繼承了千惠的遺志，至今仍在塔列蘭工作，繼續沖煮千惠親自傳授的咖啡。

我把手放在垂頭喪氣的美星小姐肩上。

「我覺得妳並不需要這麼自責。」

「……」

「藻川先生現在還活著。因為美星小姐繼承了這間店，藻川先生才沒有孤零零地一個人倒下。這一點非常重要喔。」

美星小姐抬起頭。雖然有些無力，但她的臉上掛著微笑。

「幸好青山先生你今天也在這裡。」

她用這句話傳達了這樣的心情：即便沒有輕易地認同我說的話，但仍舊向我表示謝意。

「不好意思，還讓你特地跑來醫院，但好像還要等一段時間才能跟叔叔見面，所以你今天可以先回去沒關係。」

「這樣啊。有沒有我能幫忙的地方呢？」

「你不用擔心。我一個人就能準備好住院所需的物品，而且也已經聯絡叔叔的家人了。」

「家人……啊，藻川先生好像有個兒子對吧？」

我所認識的藻川先生雖然看起來沉溺於世俗，但也有莫名遠離塵世的一面，讓我經常忘記他也跟普通人一樣，在漫長的人生中建立了自己的家庭。總之，藻川先生似乎有個住在別處的獨生子，也就是美星小姐的表舅。順便一提，我並沒有見過他。

「因為他住在濱松，我本來以為只要他想來，應該馬上就可以過來，但我告訴他叔叔目前暫時沒事後，他卻表示無法立刻離開工作崗位，可能要等到明天。所以我就說我會待在這裡，請他不用勉強趕來。」

搭新幹線的話，從濱松站到京都站，最快只要一個小時就能抵達。如果他們父子關係不好的話那就另當別論，但一個母親已去世的兒子收到父親得急病的通知時，並不會因為這點距離的路程就猶豫是否要趕來。既然如此，他所謂「無法離開工作崗位」應該也不是在騙人吧。

「不管怎麼說，他明天應該就會過來了，那些繁複的手續也可以等到他過來再辦理。所以我不能再繼續給青山先生添麻煩了。」

雖然我不希望她對我這麼客氣，但我在這裡或許反而會讓她有所顧慮，無法放鬆。所以我決定老實地離開醫院。

「如果妳有什麼困擾，儘管聯絡我。沒見到藻川先生本人的話，我也無法放心，所以明天早上我會再來這裡一趟。」

「我明白了。真的很感謝你的關心。」

我對禮貌低頭致謝的美星小姐揮揮手，離開了大學醫院。當天我內心的激動情緒與震驚久久無法散去，即使到了深夜仍只能停留在淺眠狀態。

2

隔天早上十點，我確定美星小姐人在大學醫院後，便又去了一趟。愚人節的天空晴朗宜人，以目前的狀況來看，簡直可說是一種諷刺。

雖然要等到下午才能探視住院患者，但我在櫃台說「是家屬找我過來」後，院方就放行了。我馬上就找到他們告訴我的病房。病房的左右邊各有兩張床，總共擺了四張床，藻川先生的病床在右後方，美星小姐正坐在他身旁的凳子上。

「你這次沒有死成呢。」

我拿出探病用的點心，故意壞心眼地這麼說。藻川先生有別於以往，露出毛髮稀疏的頭，哼了一聲後答道：

「就是說呀。我還以為這樣就又可以見到她了呢。」

他口中的「她」應該就是太太吧。他的回答比我期待的還要軟弱無力，態度也顯得有點畏縮。

「昨天我跟醫生商量之後，決定在一週後，四月七日進行冠狀動脈繞道手術。」

美星小姐所說的詞彙聽起來有種非同小可的嚴肅感。

「要動手術嗎？」

「是的。因為確定是狹心症，所以好像要透過手術，替變得狹窄的冠狀動脈接上一條繞道血管。」

「這是很困難的手術嗎？」

「我對這方面一無所知，無法表示任何意見，但似乎並不是很困難的手術。天皇陛下好像也在數年前接受過冠狀動脈繞道手術治療。」

光是聽到一起知名的成功案例就足以讓人信心大增。和當時的陛下相比，現在的藻川先生較為年輕，手術造成的負擔應該也比較小才對。

「藻川先生每天都在工作，我想以這個年紀來說算是體力還不錯，應該沒問題吧。只要手術順利完成，很快就可以回到店裡了。」

我盡可能地以開朗的聲音這麼說道。但藻川先生的表情卻十分憂鬱。

「真的是這樣嗎？如果動到心臟的話，一般來說不是都會死嗎？我已經覺得自己可能沒救了。」

他嘴裡喃喃說著這樣的話。對手術的恐懼似乎讓他的態度變得很悲觀。

雖然我覺得這樣的態度很難應付，但美星小姐卻令人意外地打從心底替藻川先生擔心。

「你不要說這種話嘛。要是叔叔死了，那我該怎麼辦……」

「說是這麼說，但這次或許真的是撐不下去了。」

「你再努力一下嘛，只要叔叔你能夠打起精神去接受手術，不管什麼要求我都會聽你說的。」

美星小姐說這句話時，眼角疑似浮現出淚光，讓我看得啞口無言。美星小姐，妳這樣會不會有點太單純了啊？我一直以為妳是個更不好惹的人耶。

藻川先生看起來還是有些消極，但在沉默片刻之後，他開口說道：

「那妳可以帶年輕又可愛的女孩子來這裡找我嗎？妳之前有個朋友來過我們店裡吧？如果能和那位美女聊聊天，我想我應該可以打起精神——」

「這我辦不到。」

美星小姐一邊擦拭著眼角，一邊斬釘截鐵地拒絕了他。

「為什麼呀？妳不是說不管什麼要求都會聽我說嗎？」

「不行啦。要是帶美女來的話，你心跳會加快，可能會對心臟造成負擔。你還是換個要求吧。」

看來她雖然心懷同情，還是有條不能退讓的底線的。果然是個不好惹的人。我可以放心了。

藻川先生毫不掩飾地露出頗為不滿的表情，但也只持續了一小段時間。他一邊看著晴朗無雲的窗外，一邊喃喃說道：

「因為有可能會去另一個世界，我得做好見她的心理準備才行哪。」

「只是去見結褵多年的妻子，還需要心理準備嗎？」

美星小姐已經不再否認他或許會前往另一個世界這件事了。

「畢竟都五年沒見了嘛。就是因為一起生活了這麼多年，才更需要心理準備呀。」

他說的或許也沒錯。和本來就只是偶爾見面的人重逢，以及和過去曾每天一起生活的人重逢，兩者在內心占有的重量是不一樣的。

藻川先生把臉轉回我們這邊，用比先前還明確清晰的口氣對我們說道：

「她呀，曾經做過一件讓我有點納悶的事。但因為她突然病倒，後來就這樣過世了，所以我也一直沒辦法搞清楚那到底是怎麼一回事。」

「有點納悶的事？」

「妳應該知道，我們店裡的餐具櫃最裡面有個破掉的咖啡杯吧。」

「是那個用黏著劑修理過的？」

美星小姐問道。就連身為常客的我也是第一次聽說這件事。

「我好像還沒有告訴妳那個杯子發生了什麼事哪。」

「我之前好幾次問你可不可以丟掉。畢竟那個杯子已經不能用了……」

「但我每次都跟妳說不行對吧？因為那是我特地留下來的杯子。」

「那個杯子是太太修理過的嗎？」

藻川先生搖搖頭。

「那杯子是我摔破的。我把它從櫃子裡拿出來時，手滑了一下，它就掉到地上了。結果她看到之後氣得不得了，責怪我『為什麼不能再小心一點』，所以我也忍不住回她『只是摔破一個杯子，有那麼嚴重嗎』，兩個人吵了起來。後來她就直接從店裡衝出去，整整一週都沒有回來。」

「為了這種無關緊要的小爭吵，離家長達一週？」

美星小姐驚訝地瞪大雙眼。雖然我對太太的為人了解得並不多，但是至少在美星小姐的眼裡，她應該不是會因為小事就大發雷霆的女性。

「那是什麼時候發生的事呢？」

「比妳開始在我們這裡工作的時間再稍微早一點。」

「我是七年前的四月來到京都的……」

「那就是那一年的一月吧。肯定沒錯。」

既然如此，也難怪美星小姐會對太太離家出走的事一無所知了。

雖然七年前發生的事絕對無法用「最近」來形容，但也不算非常久遠。太太當時也有自己的手機。

「但我在那一週完全聯絡不上她。她是土生土長的京都女人，也沒有什麼鄉下老家可以回去。她當時去了哪裡、做了什麼事，這些我直到現在還是完全不知道。」

「塔列蘭是怎麼度過那段期間的呢？」

「當然是臨時歇業啦。我又沒辦法煮咖啡。」

太太剛離開時，藻川先生的確是悠哉地想著「她應該很快就會消氣了吧」，直到她離家出走的時間愈來愈長，他才開始思考是不是必須認真請求她原諒。

「說是這麼說，已經摔破的杯子是沒辦法恢復原樣的。雖然我除了道歉之外根本無計可施，但還是想說至少要表示一下誠意。所以我就像拼拼圖一樣，把特地留下來沒有丟掉的杯子碎片組合起來，然後用黏著劑把它黏住啦。雖然花了很多時間，但總算是想辦法把它修回杯子的形狀了。」

「所以那個杯子是叔叔修理的囉。但就算做這種事，那個杯子也沒辦法用了……」

「這種事就算妳不說我也知道。但我也想不到其他能表示反省態度的方法了呀。」

「這種情況持續了整整一週之後，她終於回到家了。我看她板著臉一言不發，就把修理後的杯子遞給她，說了句『真是對不起呀』，跟她道歉啦。結果她卻突然哭了起來，眼淚撲簌簌地不停往下掉。」

太太反而以幾乎要跪下磕頭的態度向他道歉。

——對不起。我突然從店裡衝出去，真的很對不起。對不起，我整整一週都沒有回來……

「聽到她這麼說，總覺得連我自己也搞不清楚是什麼情況了。說真的，她這種態度反而讓我有點害怕，所以只好跟她說我沒放在心上，硬是結束了這個話題。她也把那個杯子收進櫃子裡，從此再也沒提過任何跟離家出走有關的事。我想說要是隨便提起的話，她說不定又會變得很奇怪，所以到頭來什麼問題都沒問她。」

在那之後，太太看起來彷彿完全恢復了本來的模樣。繼續過著和離家出走前毫無差異的生活。

「不過呢，她的態度愈是跟往常一樣，我就愈好奇她那次挑我小毛病的原因是什麼。我只不過摔破一個杯子，她竟然就氣到失去理智，最後還離家出走長達一週，這怎麼想都很奇怪吧？」

「如果你這麼煩惱的話，為什麼之前不再找機會好好地跟她談清楚呢？」

「我也想過好幾次了。但是那件事發生後沒多久，妳就來我們這裡工作，所以最後還是不了了之啦。畢竟那時妳也碰上了不少事情嘛。」

美星小姐閉上了嘴巴。所謂的「不少事情」我也大致都知情。

「所以當我想起這件事時，已經過了將近兩年，她也早就死啦。我就這樣永遠失去詢問她本人的機會了……」

「你只要在另一個世界直接問太太就行了吧？」

太狠了吧。美星小姐，妳這句話等於是在叫他去死喔。

「這種話是不能隨口亂說的。要是踩到她心裡不能踩的地雷就慘了呀。我可不希望我在另一個世界見到她之後還要跟她吵架。」

美星小姐看到藻川先生態度如此強硬，便插著腰說道：

「簡單來說，你的意思就是希望我找出太太氣憤到離家出走長達一週的原因，對吧？」

「就是這麼一回事。妳不是說不管什麼要求都會聽我說嗎？」

藻川先生在病床上的態度與其說是懇求，更像是理所當然地覺得美星小姐一定會答應。不過，找出故人生氣的理由這種困難的要求，真的有人能辦到嗎？美星小姐的反應卻和我的懷疑截然不同，毫不猶豫地回答他。

「包在我身上。我一定會在手術日之前找出真相的。」

如果妳能找到的話，我也會乖乖接受手術的——藻川先生則跟那個和全壘打打者立下約定的少年[2]一樣，展現了相當懂事明理的一面。

3

離開醫院後，美星小姐在前往塔列蘭的路上問我：

「讓青山先生你也一起參與這件事真的好嗎？會不會占用你太多時間呢？」

她今天穿的不是我平常看慣的塔列蘭制服，而是自己的便服。挑選的服裝是牛仔外套、黑色長裙和高筒帆布鞋，我覺得這樣的搭配完全展現了她原本的活潑個性。

「沒關係啦，我想從目前為止發生的事情應該也看得出來，我的工作在請假這方面算是比較自由的。先別說這個了，妳接下來會專心進行調查對吧，就這麼放著藻川先生不管沒問題嗎？」

「今天早上叔叔的兒子惠一表舅已經抵達醫院，並辦妥手續。所以我想接下來應該就沒有我的事了。」

她說當初是從母親千惠的名字取了一個字，才會叫做惠一。

---

2 棒球選手貝比・魯斯（Babe Ruth）的趣聞。據說有一名生病的少年希望自己所崇拜的貝比・魯斯可以來探望他，結果貝比・魯斯不僅真的親自前往，還和少年約好要為他打出全壘打。

「妳之前說過他住在濱松。我想他肯定是在京都出生的，所以是因為工作才住在那裡的嗎？」

「是的。惠一表舅一家居住的房子位於濱名湖畔，在濱松市算是比較鄉下的區域……要是我這麼說的話，應該會被當地的人罵吧。總而言之，那裡有間日式點心老店，表舅就是在他們的店裡工作。」

「所以他是做日式點心的師傅囉？」

「或許是因為從小看著經營咖啡店的父母長大，尤其叔叔那麼擅長做蘋果派，所以他才會對這方面感興趣吧。他一開始是在京都學做日式點心，但後來就轉而鑽研起使用橘子製作的日式點心。表舅在濱松居住的地區正好就是橘子的知名產地。」

所以他後來似乎就去使用橘子製作日式點心的店家當學徒了。所謂的人生還真是各色各樣。

「美星小姐妳平常會和那位表舅互相往來嗎？」

「不，不太會……但這也是因為他們一家人在中元節或新年返鄉過節團聚時，我也多半會回老家，所以行程總是正好錯開。我們剛才在醫院碰面時，其實已經五年沒見了，上次見面是在太太的喪禮上。」

「太太過世後，還有那些感覺很繁瑣的忌辰祭祀儀式，你們那時也不會碰面嗎？」

「畢竟這些日子不管怎樣都會碰上週末啊。所以都是叔叔去祭拜，我則在塔列蘭顧店。」

嗯，我想情況大概也就是這樣吧。畢竟這種事情本來就應該優先顧及還活著的人的生活，如果不是正好碰上婚喪喜慶，大概也沒什麼機會和這些遠方親戚見面。

我們就這樣一邊走一邊閒聊地抵達了塔列蘭。開門進入店裡後，查爾斯便一邊喵喵叫一邊靠過來，在我們腳邊磨蹭。我摸了摸牠的下巴。

「牠是不是肚子餓了啊？」

「今天早上已經給過牠水和飼料了喔。應該是因為店裡沒有營業，覺得很寂寞吧。」

「話說回來，店裡的生意該怎麼辦呢？」

「我打算直接休息到叔叔動完手術為止。待會再去把寫好公告的紙貼在店門上吧。」

我們先過來塔列蘭一趟的目的相當明確。美星小姐打開吧台後方的餐具櫃，舉止慎重地從裡面拿出了一個杯子。

塔列蘭店裡平常使用的都是白瓷製的杯子，但美星小姐現在所拿的杯子卻是個握柄纖細的寬口杯，而且白色的杯身上還以藍線畫了像是更紗圖紋[3]的植物圖案，看起來相當高貴。不過這個杯子的形狀有點歪斜，一看就知道是用黏著劑把碎片黏起來的。

---

3 更紗圖紋，在室町時代末期自印度等地傳至日本，是印有色彩繽紛的花鳥野獸圖案的布料圖樣。

我一邊仔細端詳美星小姐放在吧台上的杯子一邊說道：

「原來你們以前也使用過這種杯子啊。」

「我們是從太太過世後才改用白色餐具的。店裡在我的要求下引進濃縮咖啡機時，因為必須準備新的杯子，所以就乾脆都買同樣的款式來營造統一感……而且我覺得自己也沒辦法像太太那麼有品味，可以依照客人的類型來選擇不同杯子。」

千惠獨自開設了這間塔列蘭，並沖泡出味道理想的咖啡，又次是在那之後才入贅的。她在美星小姐人生中的某段時期給予明確支持，所以美星小姐一直對千惠懷抱著敬畏之情。這似乎讓她覺得自己連選擇杯子這件事也比不上千惠。

雖然我覺得這個杯子看起來很高級，但不認為他們夫妻會因為杯子的金額而吵架。不過為了以防萬一，我還是問道：

「這個杯子是稀有到無法再取得第二個，或者是價格十分昂貴的東西嗎？」

「關於這一點，其實我曾經問過叔叔，是不是因為這樣才不能丟掉。」

但藻川先生似乎很明確地否認了。

——雖然不便宜，但這只是在百貨公司買的現成品呀。

「所以我就接著問了：『那這個杯子是某種紀念品或是象徵了什麼特殊回憶嗎？』」

——它在還沒摔破之前就只是個普通的杯子，連半點特殊的感情都沒有呀。但摔破之後反而就捨不得丟掉了。

「真虧妳能夠接受這種回答呢。」

「簡直就像猜謎遊戲一樣，反而更讓人在意了對吧？不過，因為我感覺得到，叔叔好像想逃避這個話題，繼續問下去也無濟於事，就沒深究下去了。」

藻川先生當時說不定也沒想過要去揭露故人內心的想法。大概是這次的事情讓他感受到死亡近在眼前，所以一直壓抑著的欲望才終於冒出頭來吧。

「如果太太並不是針對杯子本身在生氣的話……會不會是藻川先生當時在經營咖啡店的工作上犯了許多失誤呢？所以太太累積許久的怒火就因為摔破杯子而爆發了。」

我知道藻川先生過去曾在桌上備用的糖罐犯下十分嚴重的失誤。所以就算他曾犯下其他失誤，我也一點都不覺得意外。

但是美星小姐並不認同我的推測。

「七年前叔叔已經在這裡工作很多年了。就算有失誤，我也很難想像他會連續犯錯，而且要是真有這種事，叔叔心裡應該也會有頭緒才對。」

藻川先生是對太太只因為摔破杯子就大發雷霆感到納悶。如果他還犯了其他失誤的話，太太不可能不糾正他，藻川先生應該也不會對太太生氣的理由感到疑惑了吧。

「就算沒有犯下失誤，他還是有可能做出其他讓太太生氣的事情吧。像是搭訕女性客人等等。」

「叔叔是從太太過世後才開始會調戲女性的喔。在那之前，他完全就是一副被京都女人吃得死死的模樣，在太太面前總是抬不起頭來。」

或許就是因為這樣，他看到哭著道歉的太太才「害怕」了起來。如果他們之間是這種上下關係的話，總覺得太太根本就不需要壓抑怒氣。

到目前為止，我已經把自己能想到的太太生氣的理由全都說出來了。雖然這麼做或許成功剔除了一些可能性較低的選項，但是並沒有找到正確答案。美星小姐用力皺起眉頭，全神貫注地盯著杯子看。為了不妨礙她思考，我只好坐在吧台前老實地保持安靜。

這段毫無作為的時間大概持續了約十分鐘吧。

一陣清脆的鈴鐺聲響起，有人打開了店門口的門。

我和美星小姐同時看向該處。在敞開的店門門框外側，有個背對著外頭陽光的女生正站在那裡。

年紀看起來應該是高中生。她穿著灰色的連帽上衣和短褲，背著後背包，給人一種充滿活力的印象。頭上的深藍色針織帽則壓住了底下綁成雙馬尾的頭髮。

「不好意思，我們今天沒有營業喔。」

美星小姐立刻擺出笑臉對她說道。但這名女生還是沒有要離開的意思。

「那個，我……」

她吐出這幾個字後就支支吾吾了起來。她說話的聲音又尖又細，應該是所謂的動畫角色聲線[4]吧。

「妳來我們店有什麼事嗎？」

美星小姐有些困惑，但還是這麼問道。這名女生踏進店裡並關上門，以彷彿下定決心的態度報上了自己的名字。

「我是小原。藻川小原。」

美星小姐驚訝地睜圓了眼。

「哎呀——妳是小原嗎？」

「美星小姐，請問這位是？」

我請美星小姐替我介紹。她一邊用手指著那名女生一邊說道：

「她叫小原，小草原的小原。是惠一表舅的女兒，叔叔的孫女喔。」

「咦？這個女生嗎？」

我忍不住認真地凝視著她。她的五官長得有點像貓，和身為她二等親親屬的藻川先生完

4　動畫角色聲線，用來形容和動畫角色一樣可愛又誇張的嗓音或語調。

全不像。甚至可說她和美星小姐還比較像。

「好久不見了，美星姊姊。」

小原有些僵硬的表情終於放鬆下來，應該是因為剛才很緊張吧。美星小姐也露出了笑臉。

「妳看起來簡直就像是變了個人，我完全認不出來。我們最後一次在喪禮上見面時，妳還是國小生呢。」

小原似乎和父親一樣，都是暌違五年再次見到美星小姐。

「小原妳現在幾歲了？」

「十六歲。今年春天就升高二了喔。」

「這樣啊。妳變得比較成熟了呢。」

畢竟小原在這五年間，從十一歲變成了十六歲，成長的幅度肯定很驚人吧。而且她臉上現在還化了一點淡妝。也難怪美星小姐要等到她報上姓名才認得出來。

「小原這個名字挺特別的呢。」

雖然當事人可能會覺得有點失禮，但我還是插嘴這麼說。美星小姐則對我解釋了起來。

「我聽說這個名字是她的父母請太太幫忙取的。好像是因為太太非常喜歡《亂世佳人》這部電影，所以才會取這個名字。」

原來這名字是取自郝思嘉的姓[5]啊。總覺得應該沒有人會想用這個女性的名字來替可愛的孫女取名……算了，她大概是希望孫女能成為一個堅強的人吧。

小原一邊漫不經心地聽著我們交談一邊走了過來，然後看著我說道：

「美星姊姊，這個人是誰啊？是姊姊的男朋友嗎？」

「不，不是喔。青山先生只是店裡的常客。」

美星小姐，妳馬上就回答了耶。雖然這是事實，但妳肯定是想挖苦我吧。

小原露出好像明白又好像不明白的表情。美星小姐似乎不希望小原繼續追問下去，便再次對她問道：

「小原妳今天為什麼會來這裡呢？」

「我是來探望爺爺的。因為正在放春假，閒著也是閒著。」

「但是我們早上在醫院的時候並沒有看到妳喔。妳沒有和爸爸一起行動嗎？」

「我是自己一個人過來的。我爸他很早就從家裡出發了。但我實在沒辦法那麼早起床。」

她一邊笑著回答一邊吐了吐舌頭。這名少女連行為舉止都跟動畫角色差不多。

「然後啊，既然都來到京都了，我覺得只是探個病就回去也滿可惜的，想在這裡到處逛

---

5 郝思嘉（Scarlett O'Hara），小說《亂世佳人》中的人物，英文姓氏與小原的日文發音類似。

一下，所以就先來爺爺的店看看了。」

「店裡當然是暫時停止營業囉。這還用說嗎？」

「這麼說來的確是這樣呢。我出發之前根本沒想那麼多。」

她滿不在乎地吐出了這句話。我本來以為她是個成熟穩重到可以獨自來到京都的人，結果在某些地方又表現得莫名糊塗。

小原把身體靠在我旁邊的吧台桌上，然後看了一眼我們剛才提到的杯子。

「這是什麼啊？」

「這個呢，是妳爺爺摔破的杯子……」

美星小姐向小原說明了到目前為止的事情經過。小原大致聽完後，便小聲地喃喃說道：

「原來是這樣啊。奶奶她整整一週都……」

她的態度感覺有點心不在焉。是因為孫女本來就不會對祖父母吵架這種瑣碎往事感興趣嗎？

「所以美星姊姊你們正在調查奶奶的事情嗎？」

「是的。我們才剛開始調查，所以還沒有任何結果。」

「這樣啊……」

美星小姐看到小原陷入沉默，便換了個話題。

「對了，小原，妳打算在這裡待到什麼時候呢？」

「我還沒有決定耶。畢竟現在是春假，我覺得爺爺動手術前的這一週都待在京都好像也不錯。」

「這樣啊。雖然現在說這種話好像不太妥當，但是春天的京都的確有許多美景可以欣賞呢。而且妳也有地方可以借住過夜。」

她指的應該是藻川先生的住家吧。不過，小原的回答卻讓人大感意外。

「我今天晚上已經先訂好旅館了喔。我聽說未成年人想自己住在旅館的話，需要提供監護人的同意書，所以也早就請媽媽幫我簽好了。」

「哎呀。為什麼妳要住旅館呢？」

小原有些不好意思地低下頭來。

「因為我不是很想和爸爸兩個人一起過夜。」

她選擇住在旅館的理由讓我感到很驚訝，但美星小姐卻說了句「原來是這樣啊」並點點頭。這對正值青春期的女性來說大概是很常見的心態吧。

「不過，這個時期的旅館住宿費應該很貴吧？而且要是妳沒有預約明天以後的房間，能不能找到空房也很難說。就算真的找到了，住宿費或許也會非常貴喔。這樣沒問題嗎？」

「我要離開家的時候已經跟媽媽拿一筆旅費了。反正要是真的沒錢，我就會放棄住旅館，忍耐一點去跟爸爸一起住了。」

當事人根本無從得知自己的女兒竟把他說成這樣。同樣都是男性的我開始覺得未曾謀面的小原父親有些可憐了。

「對身為高中生的妳來說，這應該是首次體驗一個人住在旅館的感覺吧。」

小原聽到我這麼說後，便開心地笑了起來。

「嗯，而且還有可能長達一週呢。總覺得好像在冒險，我真的非常期待。」

「小原，妳爺爺目前正面臨很棘手的情況，還是不要太興奮比較好……」

美星小姐基於符合情理的角度勸誡道，我則說了句「哎呀，別這麼說嘛」替她緩頰。無論現在面臨的是何種情況，我們都不該對想要積極獲取珍貴體驗的年輕人潑冷水。

小原收起笑容後，又像是察覺到什麼似地開口說：

「從我們剛才討論的內容來看，奶奶應該也是自己一個人在某個地方住了整整一週對吧？會不會跟我一樣也是住在旅館呢？」

「這我就不知道了。或許是有朋友能讓她在家裡借住一週吧。」

「不過，如果是這樣的話，應該至少會跟爺爺說一聲吧？對提供住處的人來說，這麼做才符合常識啊。」

雖然一個女高中生把常識掛在嘴上有點奇怪，但我認同她所說的內容。就算太太要求保密，對方大概還是會偷偷告訴藻川先生，太太在自己家，要他別擔心，這樣才符合常理吧。至少應該也會在事後向他報告一聲。

「那就有點類似獨自一人旅行了吧。美星小姐，妳有什麼看法嗎？」

我看向美星小姐，發現她已在不知不覺間拿起手搖式磨豆機，正喀啦喀啦地磨著咖啡豆。

「我認為小原的意見並非毫無道理。反過來說，這表示或許有什麼內情，讓太太就算和其他人在一起，也絕對不能告訴叔叔。」

「內情？不過，太太離家的原因是摔破的杯子吧，這其中會有什麼內情嗎？」

「我也不知道。也有可能像你所說的，是獨自一人旅行。」

美星小姐仍舊磨著豆子，沒有停下手邊的動作。

「我剛才一直在回想太太的言行。太太是個會在該生氣的時候生氣的人。我也曾經被她責罵過。」

美星小姐剛開始在塔列蘭工作的時候，原本是很積極和客人互動交流的。有一次店裡來了兩名年紀約三十幾歲的男性客人，美星小姐便和他們閒聊起來。當美星小姐得知兩人目前住在一起時，便笑著說道：「你們是感情很好的朋友呢，感覺真棒。」

那兩個人回去之後，太太便把美星小姐叫了過去。據說她開口吐出的第一句話是這樣的。

「妳剛才應該沒看到那兩個人的手吧？」

美星小姐愣住之後，太太便告訴她，那兩位男性的左手無名指戴著成對的戒指。

「那兩個人並不是朋友。他們之所以住在一起，是因為他們是這樣的關係。妳沒發現妳說他們是朋友時，他們的表情有點尷尬嗎？」

美星小姐那番話等於否定了他們對彼此關係的定義。只因為對方是兩名男性，美星小姐就認定他們是朋友。太太從她的反應嗅出了她心中的偏見。

「妳要和客人聊天沒關係，但是和他們相處時必須多加注意，免得做出失禮的事。」

被太太狠狠罵了一頓後，美星小姐反省了自己的想法。她對太太說「對不起」，太太則要她把這句話在心裡默記下來，直到那對客人再次來店裡時再對他們說。

「……所以我也是曾經因為這種事情被太太罵過的。」

美星小姐回憶了她與過世太太的往事後，又繼續說道：

「不過，那也是因為有必須生氣的理由。我從來沒見過太太為了就算生氣也沒用的事情發怒，或是不向對方解釋清楚就生氣。而且真要說的話，她平常其實是位個性很溫厚的人。」

「所以妳的意思是，太太根本不可能只因為摔破了杯子就生氣？」

「是的。而且如果她另有其他生氣的理由，我認為她肯定會好好解釋，直到叔叔明白為止。」

美星小姐很尊敬太太，所以才會如此評論她。但我還是感到很懷疑。太太畢竟也是人，偶爾也會有心情很差的時候吧？

「但是實際上，太太的確是莫名其妙地發怒後就跑出去了啊。就算妳主張這種事不可能發生也沒什麼意義吧。」

「我直到剛才為止也是這麼想的。所以我才會想要找出太太生氣的真正理由……不過，我們所做的事情會不會其實跟在熱帶國家尋找浮冰差不多呢？」

她似乎是想說，我們正在尋找根本不存在的東西。

「妳的意思是太太的發怒其實根本沒有理由嗎？」

「我是聽了小原和青山先生的討論才想到的。太太在那一週裡，的確是住在自己住家以外的某個地方。雖然我並不知道是旅館還是某個人的家。」

「嗯，是這樣沒錯。」

「太太直到死前都沒有告訴叔叔，在那一週裡，她究竟過著怎樣的生活。仔細想想，這一點也挺奇怪的呢。因為如果是摔破杯子才生氣離家出走的話，跟她在哪裡、做了什麼事情是沒有關係的。所以至少她應該沒有必要隱瞞這些事。」

但也可以想成她認為沒有必要特別提起這些事。不過，她長達一週沒有回家，一般來說應該會解釋自己是待在哪裡才對。

「換句話說，雖然這只是假設，但太太在那一週內，是不是有什麼事情沒辦法告訴叔叔呢？太太會不會是為了這件事情才在叔叔面前發怒的呢？」

「嗯？我愈聽愈迷糊了。所以太太究竟有沒有生氣啊？」

磨豆機的聲音變得輕盈許多。美星小姐拉開磨豆機的儲豆槽，一邊嗅聞磨好的豆子香氣一邊說道：

「太太會不會是為了離家一週才假裝發怒的呢？」

4

在美星小姐的催促下，我們離開了塔列蘭。辛苦磨好的咖啡豆並未派上用場，美星小姐把咖啡粉放進冰箱。使用剛磨好咖啡豆沖煮的咖啡是最好喝的，這是常識。雖然放久了味道難免會變差，但美星小姐大概不會用這些咖啡粉沖給客人喝，而是打算之後自己要喝時再拿來用吧。

美星小姐快步走過街道，我和小原則默默地跟在她後頭。她開始向我們說明她突然衝出店裡的理由。

「太太當時碰上了一件無法告訴叔叔的事，無論如何都必須在某個地方停留一陣子。所以太太便在叔叔摔破杯子時利用了這一點。她硬是和叔叔吵起來，假裝因生氣而離家出走。」

如果是這樣的話，去推測太太發怒的原因就沒什麼意義了。

「這樣一來，就可以解釋為什麼太太回來後會哭著向叔叔道歉了。」

「因為太太等於是欺騙了幾乎沒有任何過錯的丈夫嘛。」

「不過，那件連對叔叔也不能說的事情究竟是什麼呢……」

「那個，美星姊姊。我們現在要去哪裡啊？」

小原插嘴問道。美星小姐以像是覺得理所當然的口吻回答她。

「是妳爺爺的家喔。」

「這樣啊。但這是為什麼呢？」

小原的神情不知為何有些高興。

「在我們提出剛才的假設之前，太太在離家出走時，去哪裡、做了什麼事，並不是太大的問題。因為太太生氣的理由應該與她離家出走期間的行動毫無關係。」

如果前提是太太的確生氣了的話，這長達一週的離家出走就只是生氣後的結果而已。換言之，在離家的那一刻，她的怒火就已經用完燃料，接下來一週內發生的事不會對她生氣的理由造成任何影響。頂多只會讓人猜測，她應該遇到了讓人十分憤怒的事，否則不會過了一週才消氣。

「不過，如果這長達一週的離家出走才是太太的目的，那她在這段期間的行動就頓時變得很重要了。因為叔叔想知道的，就是太太生氣真正的理由嘛，如果不弄清楚她究竟是為何離家出走，就無法徹底解決叔叔的疑惑了。這就是所謂的『畫龍不點睛』喔。」

我很懷疑高中生是否明白這句諺語，但小原似乎聽懂了。雖然從她有如動畫角色的舉止讓人難以想像，但她說不定意外地聰明。

「我接下來打算弄清楚，太太在行蹤成謎的那一週究竟做了什麼事。而最有可能留下那一週的生活紀錄的，應該就是太太的遺物了吧，像是照片或日記等等。所以我要去叔叔的家找找看這些東西。」

「原來如此。」

「小原妳不用勉強自己跟我們去喔。妳難得有機會在京都放春假，沒必要把時間花在這種事上。」

美星小姐大概是體諒小原才這麼說的吧。但小原似乎誤會了她的意思，像在鬧彆扭似地噘起嘴脣。

「我才不想要只有我置身事外呢。我也很好奇為什麼奶奶要騙爺爺啊。我會好好幫忙你們調查的。」

「這樣啊……如果妳想退出的話，隨時都可以告訴我喔。」

藻川先生的住家位於塔列蘭後方一棟低樓層公寓裡。這棟公寓原本是登記在太太名下，藻川先生在太太去世並繼承該建築物後，好像就迅速搬離原本居住的房子，移居到這裡了。

——因為那間房子太大了，不適合一個人住呀。

我曾聽藻川先生隨口吐出這句話，在他的話中窺見一絲寂寞。他在那間房子和太太一起生活了很久，要他獨自繼續住下去或許是件很痛苦的事吧。

我們抵達公寓，一樓的空間是座停車場，藻川先生的愛車紅色LEXUS就停放在那裡。公寓大門沒有設置自動鎖，我們搭電梯來到二樓，美星小姐在走廊盡頭的一扇門前停了下來。這裡似乎就是藻川先生的房間。我並非他家屬，是初次造訪，但美星小姐和小原應該已經來過好幾次才對。

「妳有鑰匙嗎？」

「昨天叔叔就把鑰匙借給我了。畢竟他本人也無法回來。」

美星小姐一邊回答一邊從包包裡拿出鑰匙。

「原來如此。不過，小原的父親應該也要來這裡準備住院所需的東西吧？」

「叔叔好像之前就給過他備份鑰匙了喔。這對父子來說是很正常的事吧。」

說得也是。我自己身上其實也還留著老家的鑰匙。

美星小姐打開門鎖後，我一邊說著「打擾了」，一邊脫下鞋子走進房間。我稍微環顧了一下，這間房子的格局是2LDK[6]，面積約七十平方公尺。放在矮桌上的茶葉罐和冰箱上的吐司營造出一股生活感，充滿了一個老人獨自生活的氣氛，但室內打掃得還算乾淨，不會讓人覺得髒亂邋遢。

因為小原一直停在門口不動，我便轉頭呼喚她。

「小原，妳在做什麼？」

「爸爸不在嗎？」

「他不在……妳為什麼要問這個？」

小原露出鬆了一口氣的神情，走進房間。

「太好了。因為要是被逮到，我可能會被帶回濱松。」

不只是一起過夜，連碰面都不願意嗎？我愈來愈覺得她父親很可憐了。

美星小姐直接走向後方的房間，打開房門並點亮房間的燈。我和小原也跟在她後頭。

這是一間西式房間，給人的印象是介於書房與倉庫之間。桌子、書櫃和五斗櫃在牆邊排成一排，雜亂地放置了各種物品。可能是因為沒有窗戶的關係，我覺得室內空氣是停滯不動的。

「我聽說太太的遺物全都放置在這裡，幾乎沒有動手整理過。」

美星小姐張開雙臂在室內比劃了一下。

「據說他搬離之前的房子時，把太太的東西全都扔進了這個房間裡，後來也一直沒有好好整理。雖然太太已經過世五年，但她當時走得太突然……或許他到現在還是有點抗拒面對這件事吧。」

我第一次見到藻川先生時，太太應該才剛去世約兩年左右，但我並未在他身上感覺到半點悲傷的情緒。我想大家應該都是忍著悲痛在強顏歡笑吧。

「因此，我認為太太的遺物中，很有可能還留著連叔叔也不知情的、那一週的生活紀錄。雖然擅自翻看這些東西有點對不起太太，不過仍活著的人的心情還是比較重要，只好請太太寬容大量，別跟我們計較了。」

美星小姐脫下牛仔外套，捲起針織上衣的袖子，開始查看書架。小原也像是被她影響似地開始檢查桌子。我晚了一步，只好無奈地走向她們挑剩的五斗櫃。

放在五斗櫃裡的全都是女性衣物。這間公寓的另一個房間是寢室，我推測藻川先生的衣

6　LDK，日本租房隔間以「L」代表客廳，「D」代表飯廳，「K」代表廚房，因此文中2LDK代表配有兩個房間，而客廳、飯廳、廚房各一。

服應該是放在那裡。這些應該是太太所有的衣物了，在櫃子裡折疊得很整齊，並按照上衣、下身、襪子等種類分開擺放。可能是把整個五斗櫃從之前住的房子搬來這裡後，就沒有再動過。我看著眼前這些衣服，就算現在拿起來穿也毫無問題，更加對於未曾謀面的太太已不在人世這件事感到不可思議。

我帶著歉意取出五斗櫃裡的物品，但裡面真的只有衣物。我把那些衣物一件一件拿起來，連服裝之間的空隙也仔細檢查過，但還是什麼都沒找到。

「——找到了。」

因為美星小姐突然如此叫道，我和小原便湊到她身邊。

「是日記。這是太太的筆跡，不會有錯。」

這是一本平凡無奇的大學筆記本，用黑色裝訂膠帶把B5大小的白色內頁黏起來。象牙白的封面略顯黯淡，看得出歲月流逝的痕跡。

「這是放在書櫃上的嗎？」

「是的。有十幾本相同的筆記本排列在書櫃上。」

美星小姐翻開內頁，上面寫了許多由日期和橫書的簡短句子組成的文章。所有字體都相當撩亂，要一眼看出上面寫了什麼內容十分困難。

「我們來找出標明那一週日期的日記吧。」

我拿起排列在書櫃上的其中一本筆記本。小原也仿效我的動作。但是美星小姐迅速地拿起另一本筆記本後，有些惋惜地搖了搖頭。

「沒用的。日記的日期整整跳過了一週。太太似乎沒有在日記裡寫下她離家出走期間發生的任何事。」

我看向她翻開的那一頁，發現七年前一月的日期是按照順序一天天排下來的。但是一月二十日的下一天卻是二十八日，找不到二十一日到二十七日的紀錄。日期並沒有前後顛倒，就算翻開旁邊的頁面查看，也沒有看到那一週的日期。

「看來她沒有寫下日記的原因，並不只是因為那時日記不在手邊。」

美星小姐也認同我說的話。

「我在其他內頁並沒有找到日期被跳過的地方。太太是個做事情很一絲不茍的人，如果她無法在當天之內寫下日記的話，應該也會在事後補上吧。」

就我目前看來，太太的日記頂多只有幾行字，感覺是把重要的事情簡單直接地記錄下來。如果是這種記錄方法，就算事後再一起補寫也不會很麻煩。她在寫日記時重視的應該是持續書寫，而不是日記的內容有多充實吧。

「這樣的人竟然長達一週沒有寫日記，我推測她是刻意這麼做的。太太大概早就決定不把離家出走期間發生的事情寫進日記裡了吧。」

「要找出真相沒那麼容易嗎……」

我沮喪地嘆了一口氣，但美星小姐似乎已經調適好心情了。

「其實我早就預料到，就算找到日記，裡面或許也不會有任何重要內容。因為要是被住在同一個屋簷下的叔叔偷看，她為了離家出走不惜假裝發怒的苦心就沒有意義了。」

「所以太太在這方面是不會有所疏漏的，妳是這個意思對吧。」

「不過，這七天的空白應該和太太離家出走的時間是吻合的。所以就算只有確定日期，也可以說是前進了一步……嗯？」

美星小姐正隨意翻看著一月二十八日後的日記，卻突然停下動作。

「你們快看這個。」

她所說的是二月三日的日記，時間上應該正好是太太回來的一週後。日記內容只有一句話，所以我一下子就看懂了。

咖啡杯已付諸流水。

「……這怎麼看都跟藻川先生弄壞杯子的事情有關呢。」

「我看了其他天的紀錄，發現太太在寫日記時會省略字或是只用單字來敘述事情，所以文章寫得非常簡略。這句話的意思應該是『咖啡杯的事情已經付諸流水』吧。」

「太太回到家已經過了一週，終於願意原諒藻川先生了。可以這麼解讀對吧。」

「是的……不過，這樣一來就有點奇怪。因為這表示太太是真的對摔破杯子的叔叔發怒了。」

換句話說，這樣一來，美星小姐原本認為太太為了離家出走一週而假裝生氣的推理就說不通了。

讓我感到奇怪的並非只有這個。我點出了另一項問題。

「離家出走的太太回到家時不是哭著道歉了嗎？但在過了一週之後，才寫下『付諸流水』這句話，究竟是怎麼一回事呢？」

「這一點也很奇怪呢……不過，太太也有可能只是單純為了離家出走一事道歉，所以和是否原諒摔破杯子的叔叔是兩回事。」

原來還有這樣的情況啊，我心想。當一個人因為對方口出惡言而勃然大怒，不小心動手打人時，就算他為自己動手打人這件事道歉，也不代表他就必須原諒對方口出惡言。

「總而言之，目前還是先不要太快斷定太太究竟有沒有生氣比較好。」

「為了確認這一點，我覺得還是有必要調查太太在離家出走期間的行動。我想要再仔細檢查一下這些日記，請青山先生你們繼續調查其他地方吧。」

「知道了。」

小原回去檢查桌子。我已經把五斗櫃徹底調查過了，所以便代替正把日記全抽出來查看的美星小姐，站到書櫃前面，接替美星小姐從上排開始調查的次序，檢查起下排。

我一本本取下布滿灰塵的書，翻動書頁檢查是否有東西夾在裡面，結果很快就發現了有趣的東西。

「這是一本相簿耶。」

雖然從書背看不出來，但我把這本高度長達三十公分的龐大書本從書櫃上拿起來後，發現它是一本附有書盒的相簿。翻開相簿，裡面的照片排列得相當整齊，顯然由個性嚴謹的太太編輯整理過。而且到處都加上在白紙上手寫著日期或地點的說明文字。

當我在相簿裡看見一位經常與藻川先生合照的女性，馬上明白這個人便是太太。她身材嬌小又有些圓潤，有一張看起來溫柔，但感覺內心十分堅強的臉龐，我覺得很符合美星小姐所描述的形象。

美星小姐和小原也來到我身旁探頭查看相簿。美星小姐開口說道：

「最近不管什麼東西都數位化，能看到這種相簿的機會也變少了呢。」

「是啊。但像這樣圍著相簿觀看，感覺充滿懷舊風情，可以享受到數位化沒有的樂趣。雖然這麼說的我也沒有製作過相簿就是了。」

「我媽媽滿喜歡這類東西的，所以都會做喔。不過裡面放的幾乎都是我的照片啦。」

小原的語氣聽起來有些得意。我一問才知道她是獨生女。對父母來說，想盡量留下孩子成長的紀錄應該是很自然的事情吧。

「小原，妳奶奶這種製作相簿的習慣，說不定也影響了妳的母親呢。妳看，裡面也有妳的照片喔。」

美星小姐指著相簿裡的其中一張照片說道。在一間看起來像日式宅邸起居室的房間裡，藻川先生、太太和一名坐在兒童椅上的女孩正圍著一張矮桌。女孩的右手拿著湯匙，嘴角沾著放在桌上碗裡疑似燉牛肉的東西。照片下方的說明文字寫著日期和標題「與孫女小原」。

「長得跟小原妳現在挺像的耶。」

我湊上前查看照片。

「是嗎？我覺得我的臉變了很多耶。」

「眼睛周圍長得一模一樣喔。不對，妳就是本人，當然會一模一樣吧。」

美星小姐好像很喜歡小孩，一邊翻著相簿一邊不停喊「好可愛」。每翻開下一頁，照片中的小原就長大一點。相簿裡放著約三歲時和祖父母一起去遊樂園的照片、穿著幼稚園制服站在門前，參加入學典禮的照片，或是坐在似乎是發表會舞台上的鋼琴前，大約國小一年級時的照片。

我和美星小姐有點忘了原本的目的，著迷地看著這本相簿。相較之下，小原似乎對自己的照片並沒有太大的興趣。她再次回到桌子旁邊，突然大叫一聲。

「啊！這裡也有照片耶。」

我們像是突然回過神來似地看向她。小原從桌子的抽屜裡拿出一張照片。

「你們看，這是我奶奶的照片。」

我們放下相簿，把臉湊向她展示給我們看的橫式照片。

照片的背景是某個地方的海邊，後方可以看見白色浪花，前方則是一片沙灘。太太——藻川千惠站在照片裡稍微偏右的地方。她穿著厚厚的白色大衣，圍在脖子上的圍巾隨風飄揚。看得出來是在寒冬時拍攝的。

千惠的左邊站著一名老人，和她相隔約一公尺遠。他夾雜著白髮的頭髮梳得相當整齊平順，棱角分明的臉部輪廓和微微瞇起的雙眼散發出一股符合他年紀的嚴厲氣質。他身上套著一件黑色長大衣，底下則穿著綠色毛衣和灰色褲子，服裝品味十分高雅，挺直背脊的站姿看起來也充滿自信，身材又高又健壯。可說是個與動不動就駝背的藻川先生形成強烈對比的老人。

照片裡只有他們兩人，而且兩人臉上都沒有笑容，再加上布滿灰暗雲朵的天空，使這張照片看起來有些寂寥。

「你們看這個日期。」

美星小姐指著照片的右下角。上面以橘色數字印著日期。這是「日期功能」，在以前的底片相機上應該十分常見。

看到那日期，我忍不住大叫起來。

「是七年前的一月二十二日！」

「看來這應該是太太離家出走時拍的照片沒錯。」

美星小姐的情緒也有些激動。我拍了拍小原的肩膀。

「做得很好，小原，妳立下大功囉。」

「嘿嘿。不過，這個老爺爺是誰啊？」

「我哪有可能知道啊。美星小姐呢？」

「我也不知道。」

美星小姐把照片翻了過來。它的四個角落似乎曾黏著雙面膠帶之類的東西，上面留有茶色的痕跡。

「太太和我不認識的男性一起在海邊……」

當美星小姐如此喃喃自語時，我的腦中無可避免地浮現出某個想法。不過，這種想法並不是我這個局外人可以隨意說出口的，所以我一直保持沉默。但小原卻毫不猶豫地替我說出來了。

「奶奶外遇了嗎？」

她的年輕和純真讓她吐出這句話。明明是孫女，卻沒有半點大受打擊的樣子，反而是和太太沒有血緣關係的美星小姐露出了頗為受傷的表情。她回答小原的話應該也是基於反射動作吧。

「太太不是這樣的人。」

不過，她應該也很明白才對。太太欺騙丈夫又次離家出走，瞞著丈夫和別的男性見面，卻沒有把這件事寫在日記裡，又把照片藏在相簿以外的地方——如果這是外遇的話，那一切就都說得通了。

「小原，妳還有找到其他照片嗎？」

聽到美星小姐的問題後，小原搖了搖頭。

「抽屜最底下只有這張照片喔。」

藻川先生把這張桌子搬過來時，大概也沒有動過裡面的東西吧。如果他當時有找到這張照片，應該就不會對美星小姐提出這次的要求了。

只靠一張照片根本無法判斷有沒有外遇。美星小姐接下來說的話聽起來像是在說服自己。

「我相信這並不是外遇。就算太太假裝對叔叔生氣是為了與這個人見面，這其中肯定也有某些無可奈何的隱情。」

她的表情看起來有點可怕，我只好點頭表示同意。

「為了弄清楚太太遇到的情況，當務之急應該就是找出這名老爺爺是誰。」

「我也這麼認為。不過，我們該怎麼找到他呢？」

「最近有些APP或SNS好像具有可以在上傳照片後，自動辨識人臉並確定身分的功能……」

「但我覺得可行性應該不高。除非這名老爺爺在網路上上傳了很多照片，否則要找出他的身分大概很困難。」

「其他可以參考的線索大概也只有相簿了吧。」

「如果是會出現在相簿照片裡的人，我認為太太與他見面時，應該不用隱瞞藻川先生才對。」

「嗯……但是我們手上也沒有其他線索了……」

我們抱著胳臂看向放在地板上的照片，陷入沉思。當我正在沉吟時，再次定睛注視照片的小原說了一句出人意料的話。

「我覺得我好像曾在哪裡見過這個老爺爺。」

我和美星小姐互看一眼，接著就湊到小原面前追問她。

「小原，妳仔細想想，妳是在哪裡看到他的？」

「我們現在只能靠妳了。」

但兩名大人咄咄逼人的態度似乎讓這名高中生有些不知所措。她在壓力下抱頭苦思，拚命地搜尋自己的記憶。

「呃……我可以確定我是在濱松見到他的……」

「妳看到的是本人還是照片呢？」

「或許是本人……不對，等一下。應該是照片嗎……反正我記得好像是和畫有關係。」

「畫？妳說的是繪畫嗎？」

「是的。擅長畫畫或是對畫很熟悉之類的……大概是這種感覺。」

就算有這條線索，範圍還是非常廣。那個人有可能只是個把畫畫當興趣的老爺爺。不過，美星小姐卻在其中看到了一絲希望。

「所以有可能是與美術有關的人對吧。謝謝妳，小原。」

「美星小姐，妳有什麼頭緒嗎？」

「不，沒有。不過已經不像剛才那麼束手無策了。」

美星小姐從她放在房間一角的肩背包裡拿出了手機，打電話給某個人。或許是因為想節省說明時間吧，她在撥號時切換成擴音通話。

撥號音很快就停了，手機的喇叭傳出人聲。

「……姊姊，妳有什麼事嗎？」

「美空，妳現在有空講電話嗎？」

「可以是可以，但我正在上班，所以盡量長話短說吧。」

美星小姐通話的對象是她的妹妹切間美空。她曾在兩年前來到京都，在塔列蘭當過一陣子工讀生。在那之後我就沒見過她了，所以很懷念她那充滿活力的聲音。

兩年前還是學生的美空，現在已經是出色的社會人士了。她目前似乎在東京都內的醫院從事幫助病患維持心靈健康的工作。

大概是因為顧慮到她正在上班吧，美星小姐直接進入了正題。

「美空，妳有個念美術大學的學妹，妳們感情不錯對吧？」

「嗯，姊姊之前也幫過她好幾次了。」

一聽到她說是念美術大學的學妹，我就想起來了。在兩年前的某個事件中，美星小姐曾幫助過美空的學妹。既然她說「好幾次」，表示應該還發生過其他事情，但我只知道兩年前發生的那件事。順便一提，美空並不是美術大學畢業的，我聽說她和那名學妹是參加同社團的同伴。

「那個啊，我現在正在調查一個老爺爺的事情。但手上只有那個人的照片，不知道他是誰，因為或許是個跟美術有關的人，我想請妳幫我問問那個念美術大學的女生，知不知道那個老爺爺的事。」

「原來妳是要問這個啊。這對我來說是小事一樁啦，但那個老爺爺做了什麼事嗎？」

美星小姐猶豫片刻後答道：

「我現在還沒有辦法說得很肯定。等事情告一段落我再從頭跟妳解釋吧。」

「我知道了……話說回來，叔叔要動手術對吧。我大概沒辦法去探望他，但我會替他祈禱手術成功的。」

「嗯。我會幫妳轉告他。」

「畢竟叔叔也很照顧我，如果有什麼我能幫忙的就儘管說吧。姊姊妳也要好好注意身體，別太勉強自己喔。」

美空說完後就掛斷電話了。美星小姐立刻用手機把那張照片拍下來傳給美空。照片送出後，她輕吐了一口氣。

「總而言之，我們就先等她回覆吧。」

我以暗示她休息一下的語氣說道。美星小姐大概聽出了我話中的意思，以有些疲憊的表情如此提議：

「我們來喝杯咖啡吧。」

「這房子裡有可以沖煮咖啡的器具或咖啡豆嗎？」

「不，因為叔叔煮的咖啡根本不能喝，那些器材放在這裡也是浪費。」

她辛辣的口氣讓我忍不住苦笑起來。明明使用很好的豆子，也知道正確的沖煮方式，卻還是煮得很難喝，藻川先生該不會擁有某種特殊能力吧？

「那我們要回塔列蘭嗎？」

「就這麼做吧。這樣也比較能放鬆。小原妳應該也同意吧？」

「但我想再稍微調查一下這間房子……」

如果我們分開行動，就會不曉得這間房子的鑰匙該交給誰。美星小姐露出有些困擾的表情後，小原便不太情願地改變了主意。

「好啦，我跟你們一起去就是了。」

我們三人離開藻川家，回到塔列蘭。美星小姐一邊在吧台內側準備器具，一邊問道：

「小原妳敢喝咖啡嗎？」

「嗯。我想喝喝看美星姊姊煮的咖啡。」

坐在吧台前的小原探出身子說道。我也在她身旁坐下來。

美星小姐在燒開水的時候喀啦喀啦地磨好咖啡豆，技巧純熟地煮了兩杯咖啡。她自己的那杯則是用先前放在冰箱裡的咖啡粉煮的。沒有浪費那些咖啡豆真是太好了。

我喝了一口熱騰騰的咖啡。塔列蘭的咖啡特色是在濃郁的風味下隱藏著一股淡淡的甘甜，香氣在鼻腔裡擴散開來，使我沉浸在幸福的氣氛中。

我往旁邊一看，發現小原正皺著眉頭。但她似乎不是因為怕燙才露出這種表情。美星小姐苦笑了一下。

「其實小原妳可以不用勉強自己喝黑咖啡的。如果不介意的話，就加一點牛奶和糖吧。」

「但是，如果這麼做的話，就喝不出美星姊姊特地煮給我的咖啡味道了……」

這可是個天大的誤會。美星小姐語氣溫和地解釋道：

「雖然很多日本人喜歡喝黑咖啡，但是這樣的文化在世界上算是相當少見的。對其他國家的人來說，喝咖啡時加糖和牛奶反而是很理所當然的喔。」

「哦？原來是這樣啊。」

「我畢竟也是以咖啡師自居的人，所以對於國外的咖啡文化應該還算了解。我們店裡的咖啡直接喝的話當然是很美味，但我也會注意味道是否適合加牛奶或糖來喝。」

聽完她的解釋，小原便放心地在咖啡裡加了牛奶和糖。現在喝起來似乎比剛才順口多了。

後來我們漫無邊際地閒聊了大約一個小時。美星小姐也從吧台後方走出來，坐在在較近的桌子旁。當她聊到自己曾在五年前的喪禮上安慰因奶奶過世而哭泣的小原時，小原卻說

「有這回事嗎？我忘記了」，疑惑地歪了歪頭。或許是覺得當時哭泣的自己很丟臉，所以才故意裝傻吧。

「爺爺是不是也會死掉呢？」

小原這句話聽起來像是在不經意之間脫口而出的，美星小姐卻以強硬的口氣斷言道：

「他不會死的。他會接受手術，讓身體恢復健康。」

「這樣啊。說得也是呢。」

小原的語氣聽起來有些置身事外。明明平常給人充滿活力的印象，卻在這種時候表現出像是壓抑情感的態度。或許是因為太過年輕，累積的人生歷練還不夠多，所以才不知道該擺出什麼態度吧。

就在這時，美星小姐放在桌子上的手機振動了起來。她一拿起手機，便立刻看向我們。

「美空傳訊息給我了。」

我閱讀了她手機螢幕上的文字。

我一問學妹，她馬上就認出那是誰了。她說是個名字叫影井城的畫家。

我忍不住激動地握住拳頭。拜託美空協助果然是對的。她竟然這麼快就找出照片裡的人的身分了。

「影井城……我沒聽過這名字。」

聽到我這麼說，美星小姐也點點頭。

「我也是。小原妳呢？」

「總覺得好像有聽過，又好像沒聽過。但我都對稍微記得他的臉了，應該是知道這個人才對。」

她把「城」這個字念作「château」——château是法語「城堡」的意思——代表這應該是個筆名，但聽起來挺讓人印象深刻的。而小原之所以對這名字沒什麼印象，若不是因為跟剛才聊到喪禮時一樣，個性健忘，就是她原本便對這個人不太熟悉吧。

美空傳來的訊息還有後續。

影井是個幾乎一生都在濱松度過的畫家，在當地好像挺有名的。濱松有間收藏了當地畫家作品的美術館，他的作品似乎就在那裡展出喔。

「啊，那我可能就是在那間美術館看到過這個人的照片吧。」

小原恍然大悟地說道。如果是美術館的話，就算掛著畫家的照片也沒什麼好奇怪的。

美星小姐用手機在網路上搜尋了影井城的資料。結果馬上就跳出了影井本人的圖片。在小原發現的照片裡，與太太站在一起的老人，果然就是影井城沒錯。

「真是太好了。如果能和影井先生取得聯繫，或許就能問出他和太太之間發生的事。」

我興高采烈地說道。但是美星小姐卻搖了搖頭。

「很可惜，影井城似乎在去年夏天就過世了。」

我頓時有種想仰天長嘆的衝動。如今，就算向已故之人抱怨為什麼不再多活久一點也毫無意義。話雖如此，若是感嘆藻川先生為什麼不早一點病倒，那感覺又更奇怪了。

那或許是唯一知道太太在那一週裡做了什麼事的證人，我們的一絲希望卻在手指稍微碰觸到時就已經被切斷了。我抱著一籌莫展的心情喃喃說道：

「我們接下來該怎麼辦呢？好不容易才抵達這裡，卻有種走進死巷的感覺。」

但是美星小姐看起來並沒有太沮喪。

「其實我打從一開始就不認為能簡單地找出真相。不過，我們現在肯定已經逐漸接近真相了。」

她用雙手捧住咖啡杯，看向被夕陽染紅的窗外。

「我們接下來該做什麼——雖然我沒什麼把握，但現在也只能先去看看了吧。」

「妳說的去看看，是去哪裡啊？」

美星小姐轉頭望向提出問題的我，說道：

「我明天會去濱松。」

第二章

追尋影子

1

當我們從京都站搭上新幹線光號列車，並找到相鄰的自由座時，美星小姐向我道了歉。

「這件事其實根本不應該勞煩青山先生，結果卻還是讓你陪我跑一趟，真的很抱歉。」

「妳別放在心上，是我自己說要陪妳一起去的。」

四月二日上午，我和美星小姐出發前往濱松。目的是尋找疑似與太太一起度過那一週的畫家，影井城的線索。

影井已經過世了，我們不可能與他見面，但是——

「據說他的人生大半都在濱松度過，所以我認為，濱松應該還留有許多他活動的足跡，或許可以藉此了解他與太太的關係。」

昨晚，美星小姐似乎透過網路盡可能收集了與影井有關的資訊。雖然我也參加了這趟濱松之旅，但實在沒辦法像她這麼積極，所以對她堅定耿直的個性深感佩服。

「妳剛才提到他大部分的人生都待在濱松，我記得美空傳來的訊息裡，也有相同的敘述，但他是不是也曾經有段時期不在濱松呢？」

「影井先生從一九六〇年代中期到後半，都在京都的藝術大學學習繪畫。那好像是他人生中唯一沒有住在濱松的時期。」

京都這個地名會出現在這裡，顯然並非巧合。

「所以他就是在那時認識太太的吧。」

「我想應該是。因為太太一生都沒有離開過京都，所以可以確定，有一段時間這兩人正好都待在京都。」

「他們究竟是在哪裡認識的呢？」

「我不知道。不過，影井先生和太太似乎是同一年出生的。我想二十歲左右的男女只要一認識，應該很快就能對彼此敞開心房了吧。」

我聽說太太是在五年前的一月過世的，正好滿六十四歲。這樣算起來，影井應該是在六十九或七十歲撒手人寰。在大約半世紀前，他們正享受著青春時代，那時日本和京都的風景又是什麼模樣呢？戰後時代已經遠去，應該正值經濟蓬勃發展的時期，以我貧乏的知識與想像力，實在很難正確地想像當時的情景。

新幹線列車逐漸遠離京都市區，車窗外的風景開始染上鄉村色彩。坐在靠窗座位的美星小姐把手靠在扶手上，正托著腮幫了陷入沉思。我一邊看向三排椅座位中靠近走道的空位，一邊說道：

「結果小原並沒有跟我們一起來呢。」

「我有問過她，但是她拒絕了。她說只要回到濱松，可能就無法再去京都了。」

她說的或許也沒錯。我後來才聽說小原的父親惠一基於工作等因素，好像早就暫時返回濱松了。雖然他在手術時應該會再次前往京都，但小原好不容易才能在這段期間自由行動，當然不會輕易放棄。

「妳有小原的聯絡方式嗎？」

「我原本想和她交換ＡＰＰ的聯絡資訊……但她好像沒有在使用那個ＡＰＰ。」

真令人驚訝。因為近年來大家要交換聯絡方式時，都會先提起這個ＡＰＰ的名字。美星小姐後來又舉了幾種可以收發訊息的ＡＰＰ，但小原的回答似乎全都是「沒有在使用」。現在真的還有這樣的女高中生嗎？

「無可奈何之下，我只好先和她交換電話號碼。反正可以打電話，也可以傳簡訊給她，應該不會有問題。」

美星小姐說小原會暫時住在京都車站附近的旅館裡，而且也確認過房間號碼了，所以能夠掌握小原的行蹤。她好像完全把自己當成小原的監護人了。

一小時多的乘車時間很快就過去了，載著我們的新幹線列車駛入濱松站的月台。我們穿過剪票口，並從南出口離開車站，看到正前方有個吊著許多銅鐘的大型物體。據說是「鍾琴」，能夠自動演奏樂曲。

四周櫛比鱗次地蓋滿了旅館、銀行、租車行、保險公司大樓等建築，呈現出一看就知道是當地大型車站的景象。這裡的街景與京都站八條口有些相似，但濱松的規模稍微小了一點，不過濱松市的人口約有八十萬人，仍舊是個十分繁榮的都市。

「這是我第一次來濱松耶。」

我一邊環顧四周一邊說道。美星小姐回答：

「我有親戚住在這裡，所以來過好幾次。不過最後一次大約已經是十年前了。總覺得跟當時相比，市區給人的印象也改變了很多。」

十年前的話，美星小姐還是國中生或高中生。我想改變的或許不只是景色，也包括她本人的眼光和感受力吧。

我們到達目的地後，美星小姐看起來有些興奮。雖然無意潑她冷水，但我還是一邊摸著肚子一邊說道：

「我肚子有點餓了呢。」

因為我們早上很早就出發，我只吃了一點點食物。美星小姐聽到我的話，噗哧一聲對我輕笑起來。

「時間還有點早，但我們先去吃午餐吧。雖然很老套，但俗話說得好，餓著肚子是沒辦法打仗的。」

她原本緊鎖的眉頭也稍微放鬆下來，真是太好了。

「濱松的特產是鰻魚喔。在那邊的旅館二樓好像有間很受歡迎的名店。」

「青山先生，你只調查了這種事嗎？」

美星小姐傻眼地這麼問，害我慌了手腳。雖然我試圖解釋自己絕對不是來觀光的，但她卻只說了句「是是是」敷衍我。

我們走了幾分鐘就抵達旅館，並搭乘電梯前往二樓。店門口有個接待客人用的觸控螢幕，可看出這間店受歡迎的程度，但因為現在才十一點，剛開始營業，我們很幸運地免去了等待入店的時間。

我們的座位是漆成黑色的餐桌席。店內環境整潔，內部裝飾也相當高雅有品味。我打開菜單，看到我想吃的鰻魚飯，依照魚肉的量分為五個等級。後來我們有些奢侈地點了裡面放有整整一條鰻魚的中級鰻魚飯。

我們先吃了店家送來的炸鰻魚骨當開胃小菜。這似乎是一種市面上稱為「鰻魚棒[1]」的濱松土產。吃起來香味濃厚，鹹度適中，是足以讓人上癮的美味食物。

「話說回來，我們接下來該怎麼做才好呢？」

我一邊發出啪啦啪啦的聲音咬碎骨頭，一邊召開作戰會議。美星小姐的回答十分流暢，聽起來就像早已事先擬好劇本。

「首先，我想先去展示影井先生畫作的美術館看看。」

「根據美空提供的資訊，那裡收藏的都是當地畫家的作品對吧？」

「如果從濱松站搭公車的話，好像十分鐘左右就可以抵達。既然都展出作品了，館方應該也知道許多關於影井先生的事情吧。我們就去那裡調查他與太太的關係吧。」

美星小姐雖然也拿起鰻魚骨享用，臉上卻沒什麼喜色。大概是對於探究太太的祕密一事有所遲疑吧。太太與影井之間究竟發生了什麼事。如果說得誇張一點，深入追查感覺就像是打開潘朵拉的盒子。

不過，我們點的鰻魚飯上桌後，美星小姐還是露出了笑容。鰻魚肉質厚實柔軟，可以享受魚肉在嘴裡化開的鬆軟口感。

「真好吃！」

「我以前從來沒吃過這麼美味的鰻魚。」

真的是令人感動不已的滋味。由於近年來鰻魚被指定為瀕危物種，也有人批評食用鰻魚的行為。專家之間對於是否應開放食用似乎也有不同的見解。我到目前為止都沒什麼機會吃鰻魚，之前也不算非常愛吃，所以始終覺得這種食物與我無緣，直到這次體會到其中美味，

---

1 鰻魚棒，原文為「うなぎボーン」，是靜岡地區的名產。

才開始覺得這樣的飲食文化未來也應該繼續傳承下去。

我們在剛過正午的時候離開店家。店門口已經有許多客人在排隊等待，先進的待客用觸控螢幕能夠即時告知等待時間，此刻顯得十分實用。我再次見識到鰻魚在濱松有多麼受到人們喜愛。

我們穿過濱松站，並從北口出站，來到公車總站。當我們走到前往美術館的公車站牌前，確認搭車時間後，美星小姐忍不住嘆了一口氣。

「每個小時只有一班公車。上一班才剛離開，我們幾乎要等上整整一個小時。」

「唔哇，真慘。早知道應該先確認公車時間的。」

「是我疏忽了。既然我們在趕時間，還是想想看有沒有其他交通方式吧。」

後來因為搭公車只需要十分鐘，就算改搭計程車也不會花太多車錢，便直接前往計程車招呼站了。我們坐上等待客人的計程車，並告訴司機目的地，他露出了然於心的表情，發動了車子。

流經車窗外的濱松市容感覺比京都更悠哉閒適。讓我有種這是一座新城市的印象。但是美星小姐望著風景的側臉看起來還是有些失落。

——幸好青山先生你今天也在這裡。

雖然我聽信了美星小姐兩天前說的這句話，沒有想太多就跟著她跑來濱松，但或許我今天應該讓她自己一個人獨處會比較好。不過現在說這些都太遲了，也只能盡量小心注意，避免干擾到她的行動。

我們下了計程車，發現美術館就在眼前。這是一間位於公寓裡的低樓層美術館，看起來很像醫院，外牆掛著藍底的招牌，上面用鏤空字寫著「平山美術館」。

「這間美術館原本好像是在濱松出生長大的家族企業經營者為了展示收藏品而建立的喔。後來他們獲得核准成為公益財團法人，近年似乎特別積極地在展示與濱松有關的畫家作品。」

「這樣啊。總之我們先進去看看吧。」

我們在接待櫃台支付入場費五百日圓。一進入美術館，這裡乍看之下似乎不是非常寬廣。可能因為現在是平日白天，除了我們之外沒有其他客人，室內籠罩在寂靜之中。

今天館內正好舉辦了浮世繪特展。雖然展覽裡有一些勾起我興趣的玩具繪[2]等作品，但實在沒時間悠哉地欣賞它們。我們快步經過了該展覽會場。

在常設展區有個收藏了濱松畫家作品的專區。那個小房間以白日光燈照明，充斥了無機質氣氛，其中共有六名畫家的作品排列展示。

2 玩具繪，浮世繪的一種，指的是給小孩當玩具玩或是當成繪本欣賞的畫。

我們馬上就找到影井城的名字。房間的牆壁掛著一塊像白色墊板的牌子，上面以橫書印著他的全名，並在下方附上簡單的介紹，記載了他的生卒年，並提到他是濱松市內的商人長子，學生時代曾就讀京都的藝術大學，後來則在濱松致力於創作活動，也解釋了他的繪畫風格。

「『他的風格深受明治時代日本繪畫中的浪漫主義影響』……簡介裡是這麼寫的。但我對美術一竅不通，所以感覺有看沒有懂就是了。」

我認為自己的優點就是不會隨便裝懂。美星小姐一邊把臉湊向擺在牌子左側的油畫，一邊說道：

「雖然專業知識我也不是很清楚……但這種強而有力的筆觸和獨特的色調，會讓人想到青木繁呢。你知道《海之幸》這件作品嗎？」

我對這作品名一點印象都沒有，所以直接用手機搜尋了圖片。與影井的作品互相比對後，的確可以看出一些相似之處。

影井的作品比其他畫家還多，總共展出了十件：包括躺在沙發上的裸女、望向遠方的白狗，以及濱松的畫家大概都會畫的濱名湖等等，主題相當多樣。所有的作品都是油畫，我覺得是我個人還算喜歡的筆觸風格。

我們按照順序一一觀看排列在牆上的畫作。當我們走到最後一件作品之前時，美星小姐輕喊了一聲。

「這是——」

兩幅大小相同的畫隔著空隙排列在一起，使用的是尺寸約為Ｂ5的直立長方形畫布。

我一眼就看出這是一組系列作。畫作的背景是海邊，右邊的畫是男人面向左方站立，左邊的畫則是女人面向右方站立。畫面拉得很近，所以臉龐的上半部和膝蓋以下的部位都超出畫布範圍。他們互相朝對方伸出手，但上臂也碰到畫布邊緣，也被截斷了。

畫作下方有個寫著標題的牌子。

〈遺作《四十年後》（三幅系列作中的兩幅）〉

「遺作啊……既然這系列有三幅畫，那第三幅究竟在哪裡呢？」

美星小姐並未理會我的詢問，自顧自地開口說道：

「左邊這張畫裡的女性就是太太喔。」

「咦？」

「你看。這衣服和小原發現的照片上那件衣服一樣。」

美星小姐一直把那張太太與影井的合照帶在身上。我比對了一下她拿出來的照片與影井的遺作。

「真的耶。這幅畫是太太，右邊的畫則是影井先生本人。」

影井的畫風並不算非常寫實。所以很難從畫中的側臉認出人物身分。不過，畫中女士穿著的白色大衣與圍巾，以及男性身上的綠色毛衣，的確和照片相同。

「也就是說，這張照片是在繪製遺作時拍攝的。雖然我們無法確定影井先生是否在那時就打算把這些畫當成遺作，但我認為太太與影井先生應該是為了創作這組遺作而見面的。」

換句話說，太太並沒有外遇。美星小姐大概是想表達這個想法吧。不過，畫了遺作並不能證明她絕對沒有外遇。美星小姐應該也很明白這一點才對。

「影井先生創作這些畫時，太太曾在一旁協助他。這究竟是怎麼一回事呢？」

「如果影井先生在剩下的那幅系列畫裡畫了兩人牽手之類的情景，或許還能夠證明他們原本就有深厚的關係，但是我們並沒有看到那幅畫，所以也無從判斷……」

當我們暫時陷入沉思時，有個人主動向我們攀談。

「你們對影井城的作品有興趣嗎？」

我轉頭往後看，有名穿著深藍色套裝，年紀約四十幾歲的女士站在那裡。

「妳是這個美術館的工作人員嗎？」

美星小姐反問她。那名女士點了點頭。

「因為我發現你們很專注地盯著這些畫，猜想你們或許有什麼問題，所以就過來詢問了，希望沒有打擾到你們。」

「當然沒有，妳太客氣了。請問這組遺作為什麼少了一幅呢？」

她朝遺作看了一眼。

「其實是因為那幅畫目前下落不明。雖然不夠完整的作品或許不適合公開，但是基於影井先生遺族的要求，我們還是把它展示在這裡。」

下落不明。既然如此，放在這裡的兩幅畫又是怎麼找到的呢？

那名女士主動解開了我心中的疑惑。

「影井先生在去年過世後，他所擁有的作品就全由他親妹妹繼承了。影井先生的妹妹將他的許多作品捐贈給這間美術館，其中也包括了這組遺作，但只有這兩幅畫。」

「由他妹妹繼承？」

「是的，因為影井先生一輩子都是單身，沒有孩子。他的雙親早已去世，也只有一個妹妹，所以繼承權就歸屬於她了。」

換句話說，影井的妹妹還活著。

我們特地跑來濱松果然是對的。原本以為影井的死讓我們失去線索，其實在這裡仍有接近真相的蛛絲馬跡。

在我身旁的美星小姐看起來也十分興奮。她用手按著胸口深呼吸一口氣，然後詢問那名女士：

「請問他妹妹現在住在哪裡呢？」

「我聽說她目前是住在濱松市內。」

「我知道這個要求很不合理，但可以請妳替我們聯絡她嗎？」

這項要求似乎讓那名女士愣住了。為了避免錯過這個機會，美星小姐馬上又接著說道：

「這幅遺作裡的女性是我的親戚。我想知道影井先生創作這幅畫時的詳細情況。」

這句話奏效了。那名女士先是露出訝異的表情，然後對我們解釋道：

「他妹妹應該也不知道遺作裡的女性模特兒是誰。因為她似乎認為正中間那幅下落不明的畫正是在那名擔任模特兒的女性手上。」

「很可惜，我那名親戚已經在五年前過世了。但我並未聽說她的遺物裡有這樣的畫作。」

昨天我們在放置太太遺物的房間裡大致搜索了一遍，但是並沒有發現任何畫作。如果房間裡有這種尺寸的畫布，應該會很顯眼才對。所以雖然我們無法斷定絕對沒有，但太太並未擁有那幅畫的可能性的確很高。

「原來是這樣啊……總而言之，我先試著聯絡他妹妹看看吧。我想她一定也會想和你們聊聊。」

那名女士開口請我們稍等一下，然後就快步離開了。我轉頭看向身旁，發現美星小姐嘴角微微上揚，大概是覺得此行總算有了點收穫吧。

我們一邊欣賞其他常設展品一邊等待了整整十五分鐘。當那名女士跟剛才一樣快步走回來時，表情看起來十分明亮。

「我得到他妹妹的許可了。她目前正好在家，請你們馬上過去吧。我已經在這裡寫下她的名字和地址了。」

「真的非常謝謝妳！」

美星小姐向那名女士深深低頭致謝，收下一張折起來的便條紙。她攤開那張紙，上面寫著影井妹妹的名字——江角蘭。

2

我們離開平山美術館，照著拿到的地址前往濱名湖。

在返回濱松站時，我們幸運地搭到了公車，後來便直接搭乘ＪＲ東海道本線的電車，在新所原站下車。按照指示前進，可以看到一個與ＪＲ車站相連的小巧車站，入口的古老木柱頗為顯眼。這就是天龍濱名湖線的終點，新所原站。

天龍濱名湖鐵路是一條連接ＪＲ新所原車站與掛川車站的鐵路，其路線會穿越濱名湖北側。我查看地圖，發現車站數量意外地多，總共有三十九個。此路線由第三部門[3]鐵道公司經營，是一條全線都是單線鐵道的地方鐵路。

雖然這條鐵路在白天也是一小時只有一班車，但我們等大約十五分鐘就搭到車了。這班列車只有一節車廂，我們是在車站買好車票才上車，但車內也跟公車一樣設置了可發送整理券[4]的機器和投幣箱。因為車內空位很多，我們兩個便坐到四人座去。

片刻之後，列車動了起來。但這輛列車行駛時晃動得很厲害，感覺像是在搭乘汽車而非火車。我聽說這條鐵路會沿著濱名湖北上，原本以為可以眺望湖邊景色，結果映入眼簾的盡是種滿了低矮樹木的田地。美星小姐說那大概是橘子田。

二十分鐘之後，我們在名叫三日的車站下車，前往目的地。這座車站同時也是書店，被指定為國家有形文化資產。當我們離開車站時，美星小姐喃喃吐出這句話：

「好懷念喔。」

「咦？妳曾經來過這裡嗎？」

「小原她家就住在這附近喔。」

我想起之前曾聽說小原的父親惠一在一間使用橘子為主要食材的日式點心店工作。當時美星小姐說他們居住的地方是橘子的知名產地。剛才在列車上看到的橘子田也與這有關。

「原來如此。我原本覺得已經來到很遙遠的地方，但這裡其實還在濱松市內對吧。」

「新所原站雖然位於湖西市，但這裡已經是濱松市北區了。所以江角女士的住家當然也是位於北區。」

「距離影井先生妹妹住家與小原的家最近的車站是同一座……這會是巧合嗎？」

「我沒辦法下定論。你剛才有注意到美術館裡並沒有擺放影井先生的照片嗎？」

經她這麼一說，我才想到，影井的生平簡介只有文字敘述，完全沒有他本人的照片或圖畫。

「但是，小原昨天是這麼說的。」

——那我可能就是在那間美術館看到這個人的照片的吧。

「既然沒有影井先生的照片，就不可能在美術館看到。換句話說，那是小原記錯了。」

我隱約明白了美星小姐的意思。

「如果他妹妹就住在這附近的話，就算影井先生在此出沒也是很正常的。所以小原可能

3　第三部門鐵道公司，由該鐵路沿線的地方行政單位與民間企業組成的鐵路公司，專門接手營運已嚴重虧損，但對當地居民來說是生活重要交通工具的鐵路路線。因為有別於日本國鐵與ＪＲ公司，所以稱為第三部門。

4　整理券，搭乘分段收費的日本公車或鐵路時需領取整理券，以便在下車時查看需支付多少車資。

曾在這裡親眼見過影井先生，妳的意思是這樣沒錯吧？」

「『那個人是很有名的畫家喔。』當時在她身旁的人或許曾這麼跟她說過。如果小原是因此才在記憶中把影井先生與畫連結起來，那我們會來到小原的住家附近就不是什麼巧合了。」

「原來如此。我聽說影井先生自己也住在濱松，但他是不是也經常出入妹妹家呢？」

「說不定住在這附近的人其實就是影井先生自己……啊，找到了，就是那棟房子。」

我們離開車站往北走，並爬上一座有點高的山丘，看到了那棟房子。

那是一棟庭院四周以樹籬圍起，屋頂由黑色瓦片鋪成的日式宅邸。門口掛著全新的「江角」門牌，與旁邊老舊的「影井」門牌擺在一起。

「原來如此。影井先生的妹妹繼承了他的房子後搬過來住了啊。」

「我也這麼認為。不過我們接下來就別再臆測了，直接去詢問當事人吧。」

美星小姐按下對講機的按鈕。不久之後，有人隔著擴音器回應我們。

「請問是哪位？」

我們一聽就知道那個人不是影井的妹妹，因為那是個年輕男性的聲音。

「我姓切間，剛才請平山美術館的人替我們引介江角蘭女士，所以就來到這裡拜訪了。」

「啊，我知道了，請你們稍等一下。」

對方似乎早已知道事情經過，切斷了通訊。我們才等待不到一分鐘，就有人推開宅邸玄關的拉門。

「請進。」

一名男性笑瞇瞇地邀請我們入內。他看起來大約四十歲，身材和五官都長得圓滾滾的，感覺頗為友善。我心想，跟某個輪胎廠牌的白色吉祥物長得真像。

我和美星小姐推開門走進去。庭院整理得十分美觀，開滿了許多種類的花朵。有粉蝶花、金盞花……較遠的那個是鐵線蓮嗎？

「對不起，我媽媽的腳狀況不好，沒辦法親自來迎接你們。請你們上來吧。」

這名男性如此解釋，接著報上了自己的名字：「我是江角蘭的兒子，名叫大。」他似乎挺歡迎我們的，讓我鬆了一口氣。

我們在鋪著地磚的玄關脫下鞋子。在大的帶領下穿過木板走廊，每踩一步就會發出輕微的咯吱聲。當他拉開位於走廊最深處的紙糊拉門，我們發現裡面是間佛堂。約三坪大的房間，左側設置了一個以黃金裝飾的精美佛壇，房間中央橫放著一張上了漆的長方形矮桌。正對著門口的格子拉門和窗戶是敞開的，有名女士正坐在簷廊的藤椅上。她的年紀讓我有點猶豫是否該稱她為老婦人。如果她是影井的妹妹，推測她的年紀大概在六十五到七十歲之間。

「媽，有客人喔。」

那名女士一聽見大的呼喚，便試圖從藤椅上站起來。

「您還是繼續坐著吧。」

美星小姐說道，於是那位女士又坐回椅子上，並對我們彎了彎腰。

「歡迎你們來。我是影井城的妹妹江角蘭。」

她稱呼哥哥名字時，「城」這個字是以日文發音。那應該就是他的本名吧。

以這個年紀的女士來說，她的體型算是相當嬌小，身材則瘦得恰到好處，因為聽說她腳不好，想不到她看起來比我想像的更健康，說話的聲音跟裹著絲綢一樣柔和。

「我是切間美星。這位是陪我一起來的——」

美星小姐正要介紹我時，我搶先自己報上了名字。蘭笑著對我們說：「你們兩人真可愛，我還以為你們是夫妻呢。」害我頓時不知該如何回應。

大離開房間時，替我們擺好兩個坐墊，我們便向他道謝，在上面坐下來。這是一間可以眺望庭院的和室，在今天這種晴朗的日子裡待起來特別舒適。從蘭所坐的藤椅上應該可以望見在遠處反射陽光的湖泊吧。

「我哥哥以前好像經常像這樣在這裡坐上好幾個小時。」

蘭開口這麼說。美星小姐接著問道：

「這間房子是妳哥哥請人建造的對吧？」

「是的。屋齡應該已經有三十年了吧。我哥哥的職業畫家生涯很早就上軌道，所以他在故鄉的這塊地上蓋了這棟兼具畫室的房子，往後的人生也都是在此度過的。或許他在當時就已經不打算結婚了吧。」

「是您哥哥親自這麼跟您說的嗎？」

「不，但他跟我說要蓋一個家。當我現在和我哥哥一樣坐在這裡時，總覺得好像可以明白他的心情。我想，這座庭院的確是設計給獨居的人使用的吧。」

我倒是感覺不太出來。為了獨居而建造的房子。為了獨居而設計的庭院。但這棟房子看起來寬敞到足以讓一家人居住。這是只有血緣相連的兄弟姊妹才能傳達的心情嗎？

「雖然我覺得問這種事情似乎不太恰當……因為這是個十分敏感的話題。」

美星小姐戰戰兢兢地開口說道。蘭微笑了一下。

「你們儘管問吧。」

「在您哥哥那個年代，我想會早早就決定一輩子單身的人應該十分少見……他是不是碰上了什麼不太適合結婚的情況呢？像是愛上了不被法律承認婚姻關係的人等等。」

美星小姐明知冒犯卻還是詢問這種事的意圖相當明確。如果影井不是異性戀的話，他根本就不可能與藻川千惠外遇。

蘭並未證實她的推測。

「聽說我哥哥也交往過一些女性喔。但我不知道為什麼他沒有與那些人走到結婚這一步。」

「是我問的問題太奇怪了，對不起。」

美星小姐低下頭道了歉。蘭看起來並沒有因此感到不悅。

「我哥哥去年夏天去世後，因為沒有其他家人，所以就由我繼承這整棟房子了。我的丈夫也已經去世，之前都是住在名古屋……但我覺得死後安葬在故鄉也不錯，所以就和獨生子大一起搬來這裡了。」

「您老家原本就是住在這個地區的嗎？」

「我老家是經商的，在市區那邊。不過，我哥哥似乎特別鍾愛濱名湖地區，包括豬鼻湖等附屬湖泊。所以他在這個可以看得見湖泊的地方蓋了自己的家，老家所在的土地則在父母過世後就賣掉了。」

包含這棟房子與土地在內，影井持有的財產不少。據說蘭目前便是一邊慢慢整理哥哥的遺物一邊度日的。

美星小姐又小心翼翼地提出下一個問題。

「不好意思，請問您兒子是從事什麼工作呢？」

蘭現在的情況可以說是已經退休了。相較之下，她的兒子應該正值忙著工作的壯年時期。所以我可以明白美星小姐為何想知道與母親一起搬來這裡的他從事什麼工作。

「他之前是在證券公司上班。但是那份工作似乎不太適合個性悠哉的他。所以在我說要搬來這棟房子住時，他就以照顧我為由辭去工作了。因為我的腳不方便行動，目前是請他代我處理這些遺物以及其他雜事。雖然我知道這種生活不可能一直持續下去，但我們目前也還有積蓄……而且包含我從哥哥那裡繼承下來的財產在內，到最後也全部都會由那孩子繼承啊。」

我們的開場好像聊太久了。所以蘭主動進入了正題。

「話說回來，據說我哥哥遺作上畫的女性是妳的親戚？」

美星小姐點點頭，拿出那張海邊的照片。蘭收下那張照片後，戴起老花眼鏡認真地看了一會，然後問道：

「妳是在哪裡找到這個的？」

「那名女性是我的舅婆，名叫藻川千惠，我是在她的遺物裡找到這張照片的。」

「這樣啊……」

「您看到這張照片後有什麼想法嗎？」

「她的確就是那幅畫的模特兒，這是毋庸置疑的。」

蘭語氣肯定地說道。她似乎已把遺作的模樣牢牢記在腦海裡，所以不需要進行比對。

「老實說，千惠的丈夫，也就是我的舅公目前得了重病。我是因為他的要求才會調查舅婆與您哥哥的關係。若您知道些什麼的話，能請您告訴我嗎？」

美星小姐開口拜託時，身子有些太過前傾，看起來頗為急躁。蘭似乎覺得眼睛有些疲勞，把手從老花眼鏡下方伸到鏡片後，並搓揉著眉間。

「這個嘛……我該從哪裡說起才好呢……因為我從沒想過會像這樣突然得知模特兒的身分……」

「您哥哥始終沒有透露那幅遺作的模特兒是誰嗎？」

「是的。不過，這也不代表他什麼也沒說……好吧，我明白了。看來還是照順序從頭說明會比較好。」

蘭稍微拉高音量，呼喚自己的兒子。大立刻推開紙糊拉門，出現在我們眼前，動作快到讓人懷疑他一直在旁邊等待呼喚。

「把那幅畫拿過來。就是那幅練習畫。」

大離去後，美星小姐便開口詢問了。

「練習畫？」

「是的。我哥哥的遺作裡有一幅練習畫。不過，其實那是一幅獨立的作品，正確來說不該稱為練習畫。」

大抱著一幅畫走了回來，畫框比我們在美術館看到的遺作組裡的單幅畫作還要再大上一圈。他把畫交給蘭之後便再次離開房間。

蘭把畫框轉為橫放，向我們展示了那幅畫。

「你們看。這樣應該就知道我為什麼會稱它為練習畫了吧？」

美星小姐一直盯著那幅畫看，甚至忘了回答蘭的問題。

它的構圖與那組遺作非常相似。這是一幅全身畫，是一對在海邊面對面站著的男女。兩人各自伸出手，一起握著一根像是棍棒的東西。

「絕對沒有錯。那幅遺作就是以這幅畫為基礎描繪的。」

美星小姐觀察了那幅畫許久才表達認同。蘭開始說明這幅畫的創作背景。

「這是我哥哥二十幾歲時畫的畫，似乎是件非常私人的作品，所以並未公開問世，但他曾展示給我看，而且表情十分自豪。」

——蘭，妳看。畫得很好對吧？

影井似乎是這麼說的。他在這幅畫上應該費了不少心思吧。

因為這幅畫似乎是私人作品，蘭沒有把它捐贈給平山美術館。雙眼仍盯著畫看的美星小姐說道：

「這名女性也是我舅婆嗎？」

影井二十幾歲時的確曾在京都待過一段時間。如果他是在那時認識千惠，就算用千惠來當這幅畫的模特兒也沒什麼好奇怪的。

蘭也認同了這項推測。

「我想是的。遺作的標題是《四十年後》。這肯定代表他在完成這幅畫的四十年後，又用同樣的構圖畫了遺作。我不認為做事總是有所堅持的哥哥會在那時找別的模特兒來代替。」

之所以取名為《四十年後》，表示有個四十年前的起點。這幅畫大概就是那個起點。

「四十年後……那麼，這幅畫的標題又是什麼呢？」

蘭不假思索地回答了美星小姐的問題。

「是《國土誕生》。」

美星小姐驚訝地倒抽一口氣。

「《國土誕生》？那是什麼意思呢？」

我身為局外人，本來一直保持沉默，但並沒有忽略這個關鍵字，在此時開口反問。美星小姐沒有露出厭煩的表情，耐心地解釋。

「那是記載在《古事記》裡日本國土誕生的神話。」

據她所言，《古事記》裡是這麼敘述的：

別天五神命令伊邪那岐與伊邪那美二神創造大地，並賜予二神一支天沼矛。伊邪那岐與伊邪那美站在天浮橋上，將天沼矛插入海水中咕嚕咕嚕地攪動。後來當二神抽起天沼矛，海水從矛頭滴下，形成了第一座島。那座島就是「淤能碁呂島」。

「所以這幅畫就是在重現國土誕生那一刻對吧。」

「是的。關於淤能碁呂島的地理位置有很多種說法，有人說是淡路島周圍的沼島或繪島，也有人說是虛構的島嶼。至於天浮橋則普遍認為是現在的天橋立。」

天橋立。對住在京都的我來說，這個地名讓人突然產生對神話的親近感。

「所以這幅畫是在京都的大橋立畫的嗎？」

「應該可以這麼想吧。我認為影井先生當時待在京都，才會選擇這個主題。」

「如果是我哥哥的話，我想他肯定會親自跑一趟天橋立的。」

蘭也如此向我們保證。

我在京都已經住了將近五年，但是目前還沒有去過天橋立，所以很難從畫中的風景看出具體的地點。而且如果畫家目標明確地打算描繪神話，我想他大概也不會在上面畫多餘的東西。若這幅畫的時空背景是在淤能碁呂島誕生之前，即使他實際上可以在海的另一頭看見對岸，也不能畫出別的土地，否則就是錯誤的。

我再次看向《國土誕生》這幅畫。雖然兩人握著的東西看起來只是根棍棒，但應該可以解讀成矛的前端沉入了海中吧。

「這幅畫清楚地畫出了遺作組畫正中間所缺失的部分呢。我本來還以為他們肯定是互相牽著對方的手，原來是矛啊。如果是這樣的話，這幅畫應該不可能是在暗示兩人之間具有特別的關係吧。」

考慮到蘭身為影井妹妹的心情，我選擇了這種說法。和互相牽著手之類的構圖相比，這幅畫缺乏可以聯想到兩人外遇的合理證據，我想表達的是這個意思。

但是，美星小姐卻板著臉否定了我的推論。

「你錯了。在那之後，伊邪那岐和伊邪那美是透過不斷性交才生出日本列島的喔。」

「咦——」

我頓時啞口無言。

《古事記》裡似乎也記載了這段情節。伊邪那岐和伊邪那美來到淤能碁呂島之後，便建立天之御柱並結婚了。伊邪那岐問伊邪那美：「妳的身體長成什麼模樣了？」伊邪那美答道：「我的身體已長成，但有一處未完成。」伊邪那岐則回答：「我有一處長得太多了。」然後伊邪那岐便提議道：「將我那多餘之處填塞進妳那未完成之處，誕下國土吧。」伊邪那岐說：「我們繞著天之御柱行走，妳從右邊轉，我從左邊轉，當我們相遇時，就來行房事吧。」然後二神便照著這項規矩實際行動，結果雖然一開始曾歷經失敗，但後來還是陸續生下了好幾座島嶼。

「那麼，這幅《國土誕生》的畫是……」

美星小姐毫不猶豫地說出了我不敢直接說出口的話。

「應該把這視為表達兩人是戀愛關係的一幅畫會比較妥當吧。」

蘭也認同她的這句話。

「我哥哥說這幅作品描繪了自己與他最愛的人。那個人好像是我哥哥在京都時認識並交往的對象，當他從藝術大學畢業，決定返回濱松時，兩人在商量過後決定分手。畢竟當時和現在不同，要維持遠距離戀愛是很困難的。」

兩人在二十幾歲時曾是情侶。這件事本身並無問題。影井與千惠曾經戀愛，兩人分手之後，千惠便與藻川先生結婚了。這在一個人的一生中是非常理所當然的事情。

但是——如果遺作中間那幅遺失的畫和這幅《國土誕生》一樣都畫著矛的話，情況就不同了。如果他是個不會在創作《四十年後》這幅畫時，改用別人當模特兒的畫家，我們便可以推測，他大概不會在畫中加入莫須有的東西，也可能兩人之間發生了某種行為，否則不會讓畫中的人握著矛。

「不過，他們都已經六十幾歲了，很難想像兩人之間能有什麼親密行為……」

因為實在太難以置信，我忍不住衝動地脫口而出。美星小姐立刻不悅地駁斥了我的想法。

「我並不這麼認為。很多人即使到了六十歲還是能夠享受親密行為，而且就算因為體能等問題無法直接從事相關行為，只要畫家認為兩人做出了與其同等的事情，應該就會毫不猶豫地讓畫中的人物握住矛吧。」

「就算過了六十歲，還是有許多能夠互相表達愛意的方法喔。」

蘭的口氣聽起來像在逗弄小孩子。我別無選擇，只能慚愧地縮起身子。

不過，這也讓我更好奇正中間那幅畫是什麼內容了。美術館裡的女士曾說過，那幅畫現在下落不明。包括它遺失的原因在內，我想知道這組遺作的創作背景和它被發現的經過。

「蘭女士，妳有看過遺作正中間的那幅畫嗎？」

美星小姐如此詢問，但是蘭一臉惋惜地說她沒有看過。

「您哥哥生前有沒有跟您提過任何與遺作有關的事情，或者是以某種形式留下相關紀錄呢？」

「大約六年前，我哥哥曾經突然來到我居住的名古屋拜訪我。」

據說他們兄妹雖然感情融洽，但是平常並不會頻繁往來。所以蘭看到哥哥出現時，也嚇了一跳。

「我哥哥那時告訴我，他得了癌症，醫生說他已經活不久了。」

這個消息讓身為妹妹的她大受打擊。但是影井語帶安慰地對她說了一句話。

「他說自己已經沒有任何遺憾了。我問他為什麼，他回答，因為他已經畫好遺作了。」

影井基本上不會談論太多與自己作品有關的事情，但他當時的口氣聽起來像是在尋求訴說的機會。所以蘭回應了他的需求。

「我問他那是怎樣的作品。結果他是這麼回答的。」

——是描繪《國土誕生》四十年後的作品喔。

「雖然《國土誕生》沒有公開，但對我來說是印象深刻的作品。所以當時便詢問他是怎麼畫出那幅畫的續作的。」

——我奇蹟似地與她取得了聯繫。那簡直就像是神明的旨意。我寄了一封信給她，說我想在死前再畫她一次，所以會在我指定的時間地點等她，結果她竟然真的回應我這項奇特的要求，跑來見我了。我就這麼與她重逢，完成了那幅遺作。

據說影井談論這件事時，目光看起來和少年一樣澄澈有神。

影井形容為「神明的旨意」的巧合究竟是什麼呢？我能夠想到的線索，大概就是影井與千惠的兒子惠一居住的地方相當接近，連距離最近的車站都一樣吧。因為又次是入贅的女婿，千惠的姓應該還是藻川才對，和她當年在京都認識影井時一樣。由於這個姓氏相當罕見，要找出擁有此姓氏的人家與千惠的關係大概不是什麼難事。

我自認為還算明事理，知道不該把聽了蘭的敘述後最直接的感想說出來。但是美星小姐卻把我刻意不提的事情代為說出口了。

「如果是這樣的話……就算要欺騙叔叔，太太或許也會去見他吧。畢竟太太是個溫柔的人。」

為了替來日無多的過往情人完成最後的任性要求，太太責備摔破杯子的藻川先生，裝出勃然大怒的樣子離家出走，前往影井身邊。我認為這樣的行為就已經算是背叛藻川先生了。即便如此，我還是不想為這件事譴責太太。

「我哥哥曾說過，這幅取名為《四十年後》的作品和《國土誕生》一樣，在他過世之前都不會公諸於世。而且他還說自己已經不打算創作新的畫了。我哥哥大概是相信醫生說的話，以為自己很快就會離開人世吧。」

但是現實情況卻出人意料，影井在遺作完成後，又多活了六年才過世。他一定沒有想到在這段期間，千惠竟會比自己還要早死去吧。

「我哥哥去世後，我便來到這棟房子尋找他的遺作，很快就找到其中兩幅畫，但是剩下的那一幅怎麼找都找不到。因為他在畫作背面清楚寫下這是由三幅畫組成的系列作，所以我可以肯定他一定有畫出正中間的那幅畫。那幅畫卻沒有放在這棟房子裡。」

後來蘭就把這組遺作和其他幾幅作品一起捐贈給美術館了。

「我無論如何都想找出正中間的那幅畫。那是系列作，我認為三幅畫應該要放在一起才對，所以就想，如果把這組作品展示出來，說不定總有一天會出現知道中間那幅畫在哪裡的人。就算會違反哥哥的遺志，我還是覺得自己應該這麼做。」

但是從影井過世到現在已超過半年，她一直沒有收到可靠的消息。所以對於連一絲線索都不想錯過的蘭來說，這個能夠得知模特兒身分的消息已經不是救命稻草，而是浮力等同木筏的新資訊了。

「我一直認為正中間的那幅畫會在那位哥哥摯愛的模特兒手上。因為照理來說他不需要把遺作分成三幅來畫。畢竟《國土誕生》也只有一幅畫。所以我認為哥哥可能一開始就打算把其中一部分送給某人，才會把遺作分成三幅。既然如此，那個某人絕對就是他最愛的人。不過……」

「我並沒有在舅婆的遺物中找到這樣的畫。」

就算是木筏，還是躲不過沉沒的命運。蘭現在大概覺得尋找遺作的進度又退回起點，不對，是退到比起跑線還後面的地方了吧。

「我無法提供能為尋找遺作帶來益處的消息。但我現在打從心底希望可以看到正中間那幅畫，想知道上面究竟畫了什麼。」

「真的很抱歉，但我可能也無法幫上忙。我並沒有看過那幅畫，我哥哥也沒有提過他在上面畫了什麼。」

就算雙方有相同目的，也願意互相合作，卻還是連往前邁出一步都辦不到。美星小姐與蘭之間陷入了尷尬的沉默。

千惠的遺物中並沒有影井的遺作，這恐怕是事實。但並不代表影井沒有把畫託付給千惠。如果正中間的那幅畫上有矛，很有可能會變成兩人外遇的證據。在這種情況下，不想把畫放在可能被丈夫看到的地方也是人之常情吧。

「太太是不是已經把那幅畫處理掉了啊？因為被藻川先生發現的話，情況會變得很難堪。」

就算我沒有這麼說，美星小姐應該也早就考慮過這種可能性了吧。所以她說明了自己不認同這種推測的原因。

「太太是個明白藝術價值的人，我不認為她會把畫隨意丟棄。話雖如此，要是她把畫隨便送給別人，又有可能會被身為作者的影井先生知道。所以她應該會謹慎地避免這種情況發生，否則肯定會深深傷害已來日無多的影井先生。」

「那麼……如果太太的確收下了那幅畫，還有什麼方法能讓其他人找不到它呢？」

「把它藏在沒有任何人能夠發現的地方。我認為這是唯一的方法。」

美星小姐的話等於是自己主動砍斷了希望之路。據她所言，我們現在只能設法找出遺作，但它應該是放在我們找不到的地方。而且我們連千惠是否真的收下畫的證據都沒有。這簡直跟水中撈月沒兩樣。

我們沮喪地垂下頭。蘭卻在這時說出了讓我們瞬間抬起臉來的話。

「我把遺作捐贈給平山美術館時，曾說過要請他們幫我尋找正中間的那幅畫，而且也明確提及要是有人把畫帶來，我會支付一千萬日圓給對方。」

「咦？這麼多？」

我驚訝到連聲音都分岔了。美星小姐立刻糾正我。

「青山先生，這樣很失禮喔。」

我的驚訝反應的確等於認為影井的畫不值一千萬日圓。蘭看著羞愧不已的我苦笑了一下。

「你的反應是對的。我哥哥的畫的確沒有那麼高的交易價值。不過呢，我還有哥哥留給我的遺產。如果是為了讓他的畫不再那麼可憐地處於不完整的狀態，就算使用他的遺產也是很合理的事吧。」

「您說曾經明確提及這件事，請問您有對此發布公告嗎？」

「公告是美術館發布的，雖然篇幅很小，但也寫了一篇完整的文章喔。雖然我心懷期待地認為消息擴散出去後或許可以收集到一些情報，但也覺得要是引起太大騷動的話，可能會帶來困擾，不過，不知該說是可惜還是幸運，這件事最後並沒有引發廣泛的討論呢。」

「不過，應該也有人為了找畫而來詢問詳情對吧？」

「一開始的確是這樣。從高中生到年紀和我差不多的老爺爺都有。不過，應該比你想像的人數還少，用兩隻手就數得完了。而且那些人問完後就音訊全無，已經過好幾個月了。」

一千萬日圓是一筆大錢。足以讓人為此奔走行動。但是，即使是像我們這樣擁有重要線索，目前能夠找到那幅畫的可能性也幾乎是零。那些毫無關係的外人就更不用說了，他們應該連半點蛛絲馬跡都找不到吧。

相較之下，美星小姐的態度極為冷靜，看起來並沒有因為金錢而失去理智。

「所以蘭女士，您之前也為了找出正中間的畫而用盡辦法嗎？」

「妳也看到了，我的腳狀況並不好，實在沒辦法親自到各個地方去尋找，而且我幾乎想不到那幅畫可能會放在哪裡。所以其實之前只有請兒子幫忙，去幾個地方找找看而已。」

「不過，在妳的幫忙下，我們的搜索行動或許會有所進展。」當蘭這麼說，並對美星小姐露出微笑時，我覺得自己好像在她眼裡看到了過高的期待。

很顯然地，美星小姐之所以想找出那幅畫，並不是想要錢，而是為了幫助藻川先生，或是為了守護太太在她心目中的形象。所以她也抱著尋求救命稻草的心情問：

「您哥哥的遺物中，有沒有創作這組遺作時的照片呢？」

「照片……可以說得具體一點嗎？」

「正如我剛才拿給您看的，您哥哥曾和我舅婆一起拍過照片。根據我舅公的說法，舅婆在七年前的一月曾經離家出走整整一週，我們後來也查出，她在那段期間和您哥哥見了面。如果她是去陪他繪製遺作的話，應該會與他一起行動好幾天，所以說不定還會拍下其他照片。那些照片裡或許就有重要的線索。」

蘭表示認同地點了點頭，然後開口說道：

「因為畫家的工作時常會用到，我哥哥是個經常拍照的人。一直到過世為止，他使用的都是單眼的底片相機。數位相機他好像就是用不習慣。」

「所以那些照片不是數位的，而是人工沖洗出來的。照片還放在這棟房子裡嗎？」

「我拿給你們看吧，跟我來。」

因為蘭一邊說一邊打算從藤椅上站起來，美星小姐便幫了她一把。蘭就這樣在美星小姐的攙扶下慢慢走出佛堂，進入對面的房間。我也緊跟在她們身後。

那是一間西式的書房。

房間深處有張橙黃色的桌子，雜亂地放著檯燈、不明文件和空蕩蕩的相框等物品。桌子周圍有一排櫃子，到處都看得到往我們這邊拉開的抽屜，好像有人忘記闔上一樣。另一面牆壁則是被書櫃所占據，大開本的畫冊或攝影集等書籍緊密地塞在櫃子上，沒有半點空隙。房間裡雖然有窗戶，卻被厚重的窗簾遮起來，室內有些昏暗又滿是灰塵。

蘭曾說過她目前過著一邊整理遺物一邊度日的生活，但是整理工作看起來進行得不太順利。但是從另一個角度來看，我也可以輕易地想像出比這更凌亂的場景。一個人活得久了，擁有的物品自然也會愈來愈多。我總覺得影井或許是把陪伴自己人生之路的所有東西都存放在這個房間裡了。

「直到我哥哥在即將去世前住進醫院為止，他都不肯讓我踏進這個房間一步。我想這應該表示他在裡面放了許多非常重要的東西吧。連已經完成的畫也都全部都存放在這個房間裡。我哥哥拍的照片就放在那邊的櫃子上。」

蘭伸手指向一個高大的木櫃，我率先走過去拉開抽屜，裡面塞滿了印有攝影用品店店名的插入式相簿。

「哇，好懷念喔。這是把底片拿去店裡沖洗時就能拿到的東西對吧？」

我抽出其中一本相簿，一邊翻開它一邊說道。插入式相簿是一種相簿類型，可以把照片放在透明PVC製的套子裡，而不是直接黏貼在內頁紙上，我現在手裡拿著的便是一個跨頁可以放四張照片的小型相簿。我記得以前請照相館沖洗拋棄式相機裡的底片時，店家曾把洗好的照片和這種相簿一起交給我。

「原來這些照片不是您哥哥自己沖洗的啊。」

「畢竟我哥哥只是個畫家，並不是攝影師。他在處理這些照片時，好像也不太會花心思去整理，因為拍攝的張數太多了。」

的確如此，他收納的方式感覺只是把收到的照片直接放進插入式相簿而已。

「我大概看了一下，應該有幾百本吧。」

我打開同一個櫃子上的其他抽屜查看。這個櫃子總共有十個抽屜，幾乎全都塞滿了插入式相簿。

「我為了找出正中間那幅畫，已經翻遍了這房間的每個角落，但還沒有把照片的內容全都確認一遍。因為我哥哥過世後也才過了半年多，我暫時還沒有空去檢查那些東西。」

「看來我們只能一本一本檢查了。這些相簿裡或許有他與太太在一起時的照片。」

我們讓蘭坐在桌前的椅子上，自己則坐在鋪著地毯的地板上，然後三個人分工合作，把那些插入式相簿都翻開來檢查。大部分的照片內容都是街景、河岸或站在高地眺望遠方等景色，再來就是昆蟲、貓或花朵的特寫照片。拍攝人物的照片並不多，但偶爾會有幾張普通的紀念照夾在相簿裡，反而讓我感覺到影井城這個畫家有多孤獨。

照片的拍攝地點相當多變，從感覺離這裡很近的地方到國內的著名觀光勝地都有，甚至還有國外的風景。雖然影井不是攝影師，但他身為畫家，在拍攝時也經常使用不同於外行人的取景手法，拍出來的照片簡直就像完整的作品，讓我看得津津有味。所以我在不知不覺間忘了原本的目的，只顧著把相簿一本本打開來專注地欣賞。

這樣的狀態大概持續超過一小時後，美星小姐突然叫了起來。

「找到了。這是太太的照片。」

我把自己手上的相簿先暫時放到旁邊，手腳並用地爬到了美星小姐身邊。美星小姐把相簿攤開來放在地上，然後用手按住，讓蘭也可以看見照片。

「真的耶。雖然穿的衣服不一樣，但的確是太太。」

要是他們真的整整一週都一起行動，當然會更換身上的衣服。照片裡的衣服也有可能是為了創作那幅畫特地準備的服裝。

在最一開始的照片裡，太太站在像是觀景台的地方，正對著相機鏡頭。那本相簿裡還放了太太在路上行走的背影以及海邊的景色等照片。從照片上的日期來看，影井應該是按照拍攝的順序排列。

相簿裡還有一張綠色的細線延伸至海裡的照片。就算我從未去過，也可以一眼看出那是天橋立。

接下來的照片看起來是在旅館房間拍攝的。太太坐在窗邊的椅子上，面對日式風格庭院，正眺望著外面的景色。不知道為什麼，我覺得這張照片帶有一股優雅的氣質。或許是拍攝者的技術讓人產生了這種印象。

美星小姐一直保持沉默，不斷翻動相簿內頁。當剩下的頁數漸漸變少，我發現相簿裡有一格是空的。說不定小原找到的照片原本就是存放在這裡。

我本來以為接下來的照片也全都是影井與太太一起在天橋立時拍的，所以當美星小姐翻開某一頁時，出現在那裡的最後一張照片讓我倒抽了一口氣。

「這……是太太的墳墓。」

美星小姐以有些沙啞的聲音說道。

那是一張只拍了墓碑的照片。灰色的石版上刻有「藻川家之墓」的字樣，墓碑兩側插著白色的花。因為墓碑看起來並不新，這應該不是在千惠死後才購買的，而是以前的祖先代代傳承下來的墳墓吧。我看了看日期，發現距離上一張照片拍攝的時間，也就是七年前的一月二十七日，已經過了將近三年。

「原來影井先生曾去參拜過太太的墓啊。所以他已經知道太太過世了。」

我喃喃說道。影井究竟是以什麼心情對墳墓按下快門的呢？

「他怎麼會知道太太過世的消息以及墳墓的位置呢？」

就算我開口詢問，美星小姐的目光還是沒有離開那張照片。

「這我並不清楚。不過，我聽說塔列蘭的常客曾把太太過世的消息發表在社群網站之類的地方。所以影井先生要獲得這項消息應該不是什麼難事。而且太太是葬在祖先代代傳承下來的墳墓裡，影井先生說不定早就從太太口中得知墳墓的位置了。」

不過，實際情況有可能更令人傷感。舉例來說，或許影井後來無論如何都想再見太太一面，所以便造訪了塔列蘭——總而言之，就算我們去揣測這些事也毫無意義。

美星小姐再次從頭翻起相簿——

「到目前為止，我一直以為影井先生只是機械式地把照片存放在相簿裡……」

「不過，就這本相簿來看，他好像還是有稍微整理過那些照片。他不僅把去天橋立時的照片放進去，還加入了與太太有關的最後一張墳墓的照片。」

雖然在這張墳墓的照片之後已經沒有其他照片了，但相簿後方還留有幾頁空白。當美星小姐闔上相簿時，我總覺得以墳墓照作結簡直就像一本悲劇收場的小說，心裡頓時湧上一股悲傷。

「我可以跟您借走這本相簿嗎？」

美星小姐舉起相簿問道。蘭帶著溫和的笑容回答她：

「就算要送給妳都沒關係喔。那些照片讓身為親戚的妳拿著，或許會比較好。」

光從窗簾間的縫隙照進來，太陽已經快下山了。我們決定就此告辭影井的宅邸。

雖然我們表示不用送客，但蘭還是在大的陪伴下來到玄關和我們道別。當我們走到房子外時，美星小姐轉過頭說道：

「如果我們找到任何與正中間的畫有關的線索，會立刻聯絡你們。請問你們的電話號碼是……」

美星小姐用手機記下大說出的號碼。

「很謝謝你們願意讓我們到府上叨擾。」

我們向江角母子深深低頭致謝後，便轉身離去了。我一踏出大門開始往前走，就對美星小姐說道：

「我們抵達京都時天應該已經完全黑了吧。」

「是啊。今天的行程真的排得十分緊湊。老實說我現在也挺累的。」

我猜她這句話只有一半是真的在表達疲倦，另一半應該是在體諒我吧。畢竟在這次的調查行動裡，我完全只是個陪同者，要是自己主動喊累的話，難免會有點像在對美星小姐抱怨。

「不過，我們特地來一趟濱松還是值得的。我現在更加了解太太與影井城的關係了。」

美星小姐語帶滿足地說道。太太與影井二十幾歲時在京都曾交往過。太太七年前曾為了滿足影井的要求前去見他，並協助他繪製遺作。影井得知太太過世的消息後，曾去參拜過她的墳墓。

「不過，在另一方面，我們也發現了許多謎團呢。」

影井究竟是怎麼知道太太的消息的？

正中間那幅遺失的畫到底在哪裡？

那幅畫上面究竟畫了什麼？

太太與影井是外遇關係嗎？

美星小姐望向遠處的湖面。在逐漸西沉的夕陽照耀下，湖泊看起來十分夢幻。

「明天的行程應該也會相當累人。所以我今晚回家後會盡可能好好地睡一覺。」

「妳真的要去嗎？」

「不去也不行吧。畢竟我們現在也沒有其他方法了。」

美星小姐的話裡沒有半點迷惘。

雖然我或許沒有義務這麼做，但既然事已至此，接下來也只能好人做到底，與她共進退了。於是我向她宣布了自己的決定。

「我也會和妳一起去喔——去天橋立。」

3

我們從ＪＲ京都站的三十一號月台走向車票上標明的自由座車廂。小原在我身旁語氣輕快地說道：

「這班電車寫的是『舞鶴』喔。我們要搭的是『橋立』對吧？」

「真的耶。真的是這班電車嗎？咦？不過看這時間，應該差不多要發車了才對……」

「特急列車橋立號是和舞鶴號串連在一起行駛的喔。行駛到綾部站時會解除連結。」

美星小姐反應很快地立刻回答她。過了不久，小原指著車次牌喊著：「是橋立耶！」我們便從打開的車門走進車廂，尋找起空位來。

四月三日。我們從京都站出發，目的地是天橋立。

前幾天我們在濱松調查出影井與太太在這個地方祕密生活了一週，所以便決定親自前往該地看看。雖然並未獲得能夠證明兩人關係，或是可以得知他們如何度過那段時間的線索，但是如果不實際走一趟，根本不會有任何進展，這是我和美星小姐的共識。

不用說也知道，天橋立是日本三大美景之一，位於日本海的宮津灣上，是由全長約三點六公里的沙嘴形成的沙洲。因為被松樹環繞的全景十分高雅，自古便受到日本人喜愛，也經常成為藝術作品的主題，例如雪舟的《天橋立圖》等等。

想從京都站前往天橋立旁的天橋立站的話，搭乘特急電車大約需要兩小時。明明移動範圍是在京都府內，只看交通所需時間，卻比去濱松還要長很多。我雖然住在京都，之所以尚未去過天橋立，也是因為太花時間和金錢了。因此，當得知這次終於可以去天橋立，如果要說我心中沒有半點觀光旅行的想法，那大概是在說謊——當然了，我十分清楚美星小姐無法以如此輕鬆的心態來看待這趟旅程。

而且，今天的成員並不是只有美星小姐和我。我在車廂通道上轉頭往後看，小原正踩著小跳步跟在我們後方，從針織帽下露出來的兩束頭髮也跟著來回晃動。

昨晚美星小姐回到京都後，打電話跟小原說明天要去天橋立，小原好像就馬上回答「我也要去！」了。對美星小姐來說，她大概也想跟小原說這不是去玩的吧。不過，老實說，造訪知名景點對女高中生而言，應該是個很好的經驗，所以美星小姐身為親戚兼長輩，好像也無法拒絕讓她同行。

跟我們前一天往返濱松時搭乘的新幹線相比，特急列車橋立號搖晃得滿厲害的。我們搭乘早上十點左右的班次，會在十二點半抵達天橋立站。上車之後，我們先把座椅轉成面對面才坐下，小原話匣子一開就停不下來，我便成了她的聽眾。美星小姐大部分的時間都不發一語地在思考事情。

當列車行駛到天橋立的前一站宮津站時，前進方向突然反轉，我看到有外國乘客慌慌張張地轉動座椅。在那之後過了五分鐘，列車便抵達天橋立站的月台了。

我們穿過具有復古風格的月台走到站外，眼前的街道旁林立著低矮又古色古香的商店建築，可以感受到溫泉街的風情。天橋立似乎也以品質優良的溫泉而聞名。

「總之，我們先去吃午餐吧。」

美星小姐如此提議。小原則回答：「我肚子都餓扁了！」

附近旅館旁有一間附設餐館。可能因為是平日白天，客人並不多，店員安排我們坐在靠窗的位子上，可以清楚看見正前方的大海與天橋立的松樹林。餐廳的裝潢十分簡潔，感覺只是單純設計來讓客人眺望景色而已。

「這美景實在是太奢侈了。」

美星小姐似乎是聽到我的話後，才第一次注意到眼前的景色：

「真的很美呢。」

我們難得來一趟，就算稍微留點心思享受美景也沒什麼不好的吧。雖然我心裡這麼想，還是謹慎地避免說出像在潑她冷水的話。

美星小姐與小原點了義大利麵套餐，我則點了牛排套餐。當我們正在享用送來的餐點時，美星小姐喃喃說了一句話。

「昨天回到京都後，我又再檢查了一次太太的遺物，想確定其中究竟有沒有那幅正中間的畫。」

「什麼？妳應該告訴我的，這樣我就可以幫妳找了。」

我驚訝地瞪大雙眼。她昨天不是說「今晚回家後要好好睡一覺」嗎？

「因為我實在很在意，如果不確定清楚的話根本睡不著。結果還是沒有找到。我想那幅畫的確沒有在那個房間裡。」

正如我們昨天討論過的，很難想像太太會把影井的畫隨意收在可能被藻川先生看見的地方。總言而之，這樣就可以確定太太並未持有那幅畫，或至少那幅畫並沒有放在她身邊了。

「那麼，妳今天打算如何調查呢？」

「我會一家一家拜訪各間旅館，把蘭女士借給我的照片拿給他們看，找出太太與影井先生之前住宿的房間。如果那間旅館裡有相關人士還記得當時的事情，也可以向對方打聽詳情。」

「妳打算把所有旅館都問過一遍嗎？感覺很辛苦耶。」

「其實沒有想像中那麼辛苦喔。這附近的旅館並不多，而且彼此之間的距離相對來說也還算近。」

「要不要我和妳一起分頭詢問呢？如果拿手機把照片翻拍下來，應該勉強能用……」

美星小姐拒絕我協助的提議，並說出令人意想不到的話：

「去旅館打聽消息由我一個人來處理就行了。如果青山先生你不介意的話，請帶小原在這附近觀光遊玩吧。」

「咦？這樣我來這裡的意義就……」

美星小姐露出了微笑。

「這是一個人就能做的事情，我會自己處理的。只要知道一旦發生什麼事，會有個人可以依靠，就讓我覺得很放心了。」

「這樣啊……」

「此外，在京都盡情觀光也是小原此行的目的之一，所以如果我不能陪她的話，青山先生願意接下這項任務也已經是幫了大忙。反正青山先生似乎也是第一次來天橋立，這麼做也算是一舉兩得對吧。」

美星小姐這番話應該不是在說謊吧。不過，如果把這番她在我和小原面前說的話解釋得稍微直白一點，應該也有「趕走閒雜人等」的意思。所以她這麼做，恐怕並不是為了體諒我或小原，而是想專心調查事情吧。

「我知道了。小原，妳應該沒意見吧？」

我向小原再次確認後，她十分順從地答應了。

「奶奶的事情就拜託美星姊姊調查吧。不過，如果妳有什麼進展，卻沒告訴我的話，我會生氣喔。」

「那是當然的。如果我找到是哪間旅館，會先聯絡你們。」

「如果是這樣，那就沒問題了。謝謝妳，美星姊姊。」

我們離開了餐館。以這個季節來說，外面的天氣還算溫暖，抬頭往上看，就可以望見萬里無雲的遼闊藍天。

「那麼，我會從這間旅館開始打聽消息。」

「祝妳順利。」

我目送美星小姐進入餐館旁的旅館，朝著車站前的方向邁出步伐。小原一邊和我並肩走著一邊問道：

「所以，你現在打算去哪裡呢？」

「小原有什麼想去的景點嗎？」

「嗯……我昨天晚上才突然決定要來這裡，所以什麼資料都沒查耶。」

我想也是，於是豎起食指對她說：

「既然都來到天橋立了，當然是要先去玩『從胯下窺看』囉。」

「從胯下窺看！」

小原猛然按住及膝緊身裙的下襬。我說的話似乎讓她心中產生了天大的誤會。

「雖然這只是我的猜測，但我想事情並非妳所想像的那樣。」

「真的嗎？我剛才差點以為青山先生是個變態。」

在妳的眼裡，我究竟是個什麼形象的人啊？

「原來像小原這麼年輕的學生是沒有聽過『從胯下窺看』的啊。算了，妳就跟我來吧。」

「青山先生，你明明是第一次來，卻好像對這裡很熟悉耶。」

如果我說昨天其實已經把主要景點都查過了，她會不會質問我是否抱著遊玩的心情前來呢？

「妳看，已經可以看到了。」

我們穿越平交道，走向一棟外觀看起來像黑色小屋的建築物。外牆上掛著一塊寫有「天橋立 View Land・單軌電車搭乘處」的文字看板。

我們在售票窗口買了來回車票，同時也是入場券。我替小原出錢，在這裡買了兩張八百五十日圓的單人門票。雖然好像可以自由選擇要搭乘單軌電車或纜車，但我們來的時候正好搭上班次時間，便決定乘坐單軌電車。

單軌電車的車廂長得很像以階梯形式連在一起的兩個長方體，我們和數十名乘客一起進入車廂後不久，電車就開始行駛了。隨著高度逐漸攀升，乘客可以眺望位於下方的天橋立全景。

「哇！好美喔。」

小原緊貼著窗戶，馬上就發出讚嘆聲。

「我們接下來還會看到更漂亮的景色喔。」

片刻之後，單軌電車抵達山頂。我們一走下電車，天橋立 View Land 那有如童話世界的景色便占據了我們的視野。

天橋立View Land是個以能俯瞰天橋立的觀景台為賣點的遊樂園，位於京都府宮津市內的文殊山山頂，從一九七〇年開始營業，已有將近半世紀的歷史。

雖然是遊樂園，但規模很小，像小原這種女高中生會喜歡的遊樂設施並不多。畢竟這裡可是觀賞天橋立的最佳地點。

我們往左手邊前進，發現園方設置了好幾個長得像低矮長椅的石頭台座，正面寫著「從胯下窺看觀景台」。比我們早到的遊客已站到台座上，正彎下腰並低著頭。

「這就是『從胯下窺看』？」小原問道。

「是的。像這樣從自己的胯下窺看天橋立，是一種很有名的欣賞方式喔。因為上下顛倒之後，海面看起來就跟天空一樣，天橋立則像是一條飛往天空的龍。所以透過這個方向來觀賞就叫做『飛龍觀』。」

不用說也知道，這是我昨晚臨時抱佛腳查來的知識。但小原很認真地露出了佩服的表情。

「這樣啊。那我可以試試看嗎？」

「請看吧。雖然妳穿這樣或許很難彎腰窺看。」

小原爬上從胯下窺看觀景台，並彎下腰。她靠著十幾歲年輕人的身體柔軟度，從裙襬下方窺視對面的景色。

「怎麼樣？有看到龍嗎？」

「嗯……勉強可以吧。感覺比星座稍微好辨認一點。」

雖然嘴上這麼挑剔，但小原還是沒有停止從胯下窺看的動作。我實在按捺不住，也站到她身旁，擺出了同樣的姿勢。

「看到了看到了，我看到龍了喔。」

「青山先生，你也太容易被洗腦了吧。感覺詐欺犯馬上就能騙到你。」

「……妳的意思是我分辨不出謊言嗎？」

「是啊。」

或許是因為腦部有些缺氧，小原保持著從胯下窺看的姿勢放聲大笑。

我們離開從胯下窺看觀景台後，決定把整個園區逛過一遍。我看向園區裡的立牌，發現上面畫著兩隻長得像龍的吉祥物。綠色的公龍是View kun，粉紅色的母龍是Lan chan。園方為了省事，直接用遊樂園的名稱來為這兩隻龍取名，害我忍不住笑出來。一想到昨天和我們見面的人也叫蘭，就覺得這真是個奇妙的巧合。

園區內還有可從更高處眺望景色的小型摩天輪、可繞行園區的ＳＬ列車[5]，以及位於後

5　ＳＬ列車，是蒸汽火車，目前日本仍在營運的蒸汽火車多為觀光列車，會特別在該列車名稱前標上ＳＬ字樣。

方的咖啡館。因為小原想吃使用附近牧場的牛奶製成的冰淇淋，我便買了一支給她。雖然她把冰淇淋遞給我，問我要不要吃一口，但我對於和女高中生共享一支冰淇淋還是有些卻步，所以就拒絕了。

我們兩人還去參觀了飛龍觀迴廊，是一條空中迴廊，看起來很像艾雪的錯視畫[6]，地板忽高忽低，在行走時晃動得很厲害。雖然小原似乎覺得沒什麼，我卻害怕到屁股一直往後縮，只能拚命假裝若無其事，免得被她察覺。

我們沒有搭乘任何遊樂設施，所以只花了一小時就把整個園區逛完了。回程時，因為沒有對上單軌電車的班次時間，便改坐不需等待的纜車下山。纜車的速度比較快，我們一下子就回到山腳了。

「美星姊姊有和你聯絡嗎？」

我對小原搖了搖頭。

「還沒有。要找到那間旅館或許很困難吧。」

「那現在該怎麼辦？我們可以就這樣一直玩下去嗎？」

我看了看手表，發現時間已經超過下午三點。如果要當天來回，也不能繼續悠哉地閒晃下去。

「又不能打擾她打聽消息，先傳個訊息給她，詢問一下情況好了。我們也暫時不要離開這附近，這樣她找我們時，就能馬上過去會合了。」

我送出一封只寫著「妳找到旅館了嗎？」的訊息給美星小姐，帶著小原在附近走動。

我們馬上就抵達兩旁林立著紀念品店和餐飲店的參拜道路。智恩寺就位於這條路的盡頭。這是一座臨濟宗妙心寺派的寺院，主要供奉的神佛為文殊菩薩，所以這一帶也被稱為文殊地區，在溫泉設施或名產年糕上也到處可看見「智惠[7]」二字。

我們一邊走行走在參拜道路上，一邊參觀紀念品店。丹後地區所生產的縮緬[8]很有名，小原對上面有日式傳統花紋的小包包很感興趣。天橋立似乎也有釀酒廠，商店裡擺著紅酒、白酒、粉紅酒等好幾種當地生產的葡萄酒。雖然我有點好奇，但現在並不是品嘗美酒的時候。

我們也去參拜了智恩寺。小原在參拜時不僅用力拍手，還大聲地許了「希望我的腦袋可以變聰明！」的願望。為了幫助她腦袋變聰明，我所做的第一件事就是告訴她：「這裡是佛

---

6 艾雪，荷蘭著名的版畫藝術家。在創作時，擅長運用幾何圖形、錯覺透視等技巧，讓觀眾感到奇異又有趣。

7 智惠，日文的「智慧」漢字也可寫成「智惠」。

8 縮緬，將絲綢以平織技巧織成的高級紡織品，具有平滑手感與富有深度的色調，常用來製作和服、包袱布料或包包等用品。

寺，所以不可以拍手喔。」

我們走到靠近水邊的地方時，看見一座形狀像撈金魚紙網的石燈籠，名為「智慧之輪」。

「據說只要鑽過這個智慧之輪三次，腦袋就會變聰明喔。」

我一告訴小原這件事，她就充滿幹勁地喊了聲好，並把手放在智慧之輪上面，試圖撐起自己的身體。

「等等、等等，妳不要真的相信啦。」

我急忙攔住她。雖然這個智慧之輪的大小的確可讓身體輕鬆穿過，高度卻差不多到小原的臉，怎麼想都不是她有辦法鑽過去的東西。

不過，在年紀輕輕的小原的字典裡，似乎沒有「不可能」這個詞。

「咦，可是說要鑽三次的人，不就是青山先生你嗎？這點小事對我來說沒問題啦。而且我是真的想變聰明。」

「可是，小原，妳的衣服做這種動作會……」

「啊！你不可以從胯下窺看喔！」

我才不會看。應該說，不要在這種時候講「從胯下窺看」啦。

「真的要做的話，好像只要把頭鑽進鑽出，三次就可以了喔。來，妳站到對面去吧。我來幫妳拍照。」

小原聽到我這麼說，終於放棄全身鑽進智慧之輪裡，改成把雙手放在上面，再將頭探進去又伸出來。無論過程如何，結果似乎讓她頗為滿意，我替她拍照時，她露出了大大的笑容。

我拍完照，正要把小原的手機還給她時，放在口袋裡的自己的手機則振動了起來。

「是美星小姐打來的。」

我告訴小原顯示在螢幕上的名字，然後接起電話。

「喂。」

「青山先生，我已經找到太太他們之前住宿的旅館了。」

根據美星小姐的說法，她在大約三十分鐘前就已經找到照片裡的旅館了。

「不過，在我前往詢問時，那間旅館裡並沒有員工還記得七年前的事情。」

「原來如此。那妳要怎麼做呢？」

「我聽說旅館的老闆娘等會就會來上班。她的記憶力似乎非常好，只要是曾經住宿過的客人，幾乎都不會忘記。所以我接下來會向她打聽詳情。青山先生、小原，你們要過來和我一起聽嗎？」

「當然要。請告訴我妳現在在哪裡，我們馬上過去。」

我向美星小姐問了旅館的名字，掛斷電話，接著查了一下地圖，發現那是距離我們目前所在地頗近的溫泉旅館。

「總而言之，小原，我們走吧。」

「終於到這一刻了呢。」

小原的聲音有些緊張。

「妳已經玩夠了嗎？」

「嗯。雖然真要說的話，我還想去走一遍天橋立，但還是奶奶的事情比較重要嘛。」

她在判斷時十分乾脆爽快。於是我們便離開智慧之輪，前往美星小姐所在的旅館。

4

那間旅館的名字是「浮橋亭」，雖然採用傳統日式風格，但另一棟新蓋的建築感覺也頗為新穎，外觀看起來相當高級。旅館正對著大海，我猜應該可以在客房裡眺望天橋立。

一名員工在我靠近旅館玄關時上前迎接我們，但因為不是客人，走進去時，覺得有些心虛。我一踏進旅館大廳，就在左側的沙發上找到美星小姐。

「美星姊姊！」

小原立刻跑向她，帆布鞋的鞋底在地板上發出響亮聲響。美星小姐的表情看起來比午餐後分開時還要開朗。或許是因為調查結果有所收穫，心情也稍微變得比較輕鬆。

「辛苦你們兩位了。你們在天橋立玩得還開心嗎？」

「嗯，託妳的福，很開心。」

我們也在沙發上坐了下來。我坐在美星小姐身旁，小原則坐在對面。

「妳花了很多時間才找到這間旅館呢。一定很辛苦吧？」

我語帶慰勞，美星小姐則面有倦容地說道：

「如果只出示照片的話，有很多旅館不願意立刻告訴我答案。大概是在懷疑我的目的吧。但我明明只是想知道那張照片是不是在那間旅館拍的而已……所以只好每到一間旅館就向他們說明一次情況，結果花費的時間就比我預料得還多了。」

「原來是這樣啊……總而言之，幸好妳最後還是找到了。所以妳說的那位老闆娘呢？」

「聽說她馬上就會到了──」

說人人到。一名穿著桃紅色和服的老婦人從旅館內部走了出來。她的五官十分漂亮，看不出年紀的烏黑頭髮整齊地盤起來，走路時穿著日式足袋的腳像是互相摩擦似地緊貼著，步伐十分安靜輕巧。她在玄關台階上穿好木屐後，才走到我們面前。

「我是本旅館的老闆娘三浦。歡迎各位這次造訪本旅館。」

老闆娘以京都口音這麼說道，舉止流暢地對我們低頭致意。我們也站起來向她鞠躬行禮。

「謝謝您在百忙之中還願意抽空和我們見面。」

看到美星小姐示意後，老闆娘在小原旁邊坐了下來。

「首先，我想請您先看看這裡的照片。」

美星小姐把插入式相簿遞給老闆娘。她檢查兩三張之後，便輕輕地點了點頭。

「這些照片的確是在本旅館內拍攝的。從外面的風景來看，我猜房間應該是『雪花』之間吧。」

我和美星小姐迅速地對看了一眼。

「您從右下角的日期應該可以看出來，這些照片是在七年前的一月時拍攝的。照片裡的女性是我的舅婆，也是這女孩的奶奶；男性則是一位名叫影井城的畫家，兩人目前都已經過世了。老闆娘，請問您還認得這兩個人嗎？」

老闆娘拿著相簿裡的照片又是遠看又是近看，仔細端詳後說道：

「我還記得他們。他把畫架立在房間裡，說自己是畫家。因為這種客人十分少見，所以我印象很深刻。」

我感覺到美星小姐倒抽了一口氣。在一旁聆聽老闆娘說話的我也跟著緊張起來。

「他們在這裡住了大概一週吧。因為兩人是同住一間房，我還以為他們肯定是一對夫妻……」

老闆娘說到這裡就突然安靜下來。大概是察覺到這個話題有些敏感吧。但是美星小姐卻毫不猶豫地繼續追問道：

「我想知道那兩人之間究竟是什麼關係。請問老闆娘對此有何看法呢？」

「這個嘛，就算妳問我有何看法……我想我們當時應該也稱他們為太太或先生，但那兩人都沒有開口糾正我們。」

那應該只是因為解釋起來很麻煩而已吧，根本無法證明兩人樂見其他人把他們視為一對夫妻。

美星小姐很有耐心地想問出更多線索。

「他們兩人在那時似乎已經四十年沒有見過面了。您會覺得他們看起來並不像其他夫妻那麼親密嗎？」

「這個嘛……經妳這麼一說，我覺得他們好像連在吃飯時也幾乎不會交談。不過，夫妻相處愈久就愈不太交談，這也不算少見，所以我並沒有感到特別奇怪。」

她說的或許有幾分道理。畢竟這件事本來就沒那麼單純，並不是態度生疏就表示兩人之間毫無關係，也不是態度親密就代表兩人有染。

美星小姐像是下定決心似地提出了更直搗核心的問題。

「在兩人的房間裡，是否曾留有明顯發生過親密關係的痕跡呢？」

老闆娘態度嚴厲地回應道：

「就算那是已經過世的人，我也無法隨意透露這種事情。」

美星小姐頓時縮起身子，似乎察覺到老闆娘生氣了。

「說得也是呢……對不起。」

「——我本來是想這麼說的。」

老闆娘的口氣聽起來已經不再像剛才那麼尖銳了。

「他們之間並沒有發生任何妳所想像的那些事。我們直到最後都對他們兩人的關係一無所知。」

我想老闆娘應該不是基於對美星小姐的友善和同情才如此回答。她一定是顧慮到故人的隱私，所以不希望自己拒絕回答反而像是另一種默認。這種讓人覺得相當高明老練的應對方式，應該是她長年在旅館工作的經驗培養出來的吧。

老闆娘糾正美星小姐因為年輕而過度急躁的態度後，她的神情看起來似乎有點沮喪。不過，她還是繼續提出了下一個問題。

「您知道他們在這間旅館住宿時，都做了些什麼事嗎？」

「我想他們大部分的時間應該都待在房間裡畫畫吧。雖然偶爾也會到外面去，但總是過沒多久就看起來很冷似地回來了。只有一次我遠遠地在天橋立的沙灘上看到那兩人的身影。」

「在沙灘上？」

「是的，那名女性站在海灘邊緣，畫家先生則一直望著她。」

他們是在討論畫的構圖嗎？我可以想像影井把那副情景烙印在眼底後，便窩在房間裡忘我地揮灑畫筆的身影。平常不會畫畫的我無法推測繪製一幅畫需要多少時間，但如果他想在一週內畫好三幅那種大小的畫，要是不全神貫注拚命趕工，應該沒辦法完成吧。

「您曾看過影井城所畫的畫嗎？就算是尚未畫完的半成品也沒關係。」

我想美星小姐應該對這個問題的答案充滿期待。但是老闆娘的回答卻讓她失望了。

「我幾乎什麼都沒有看到。畢竟他們在房間裡畫畫時我不能進去打擾，就算為了鋪棉被等工作進入房間，那幅畫也總是用一塊白布蓋著，所以我也盡量不去碰它。」

對旅館的員工來說，不隨意觸摸客人的作品是很理所當然的態度。不過，這也讓我們失去了可以獲得十分重要的證詞的機會。

「那麼，請問您知道他畫好的畫後來怎麼樣了嗎？那幅畫的體積並不小，我很好奇他們離開旅館時是怎麼帶走的。」

「他們兩人前來住宿時都拖著行李箱喔，應該是把畫放在裡面帶走了吧，但我也不知道情況是否真是如此。」

也就是說，老闆娘對於正中間那幅畫的下落一無所知。美星小姐陷入沉默，彷彿已經把所有能用的方法都用完了。

我可以理解美星小姐不肯放棄的心情。但我們已經占用老闆娘許多時間，就算在此時硬是擠出下一個問題，也不可能突破現況。

於是我打算建議美星小姐，這次先打退堂鼓，之後再重新來過。但就在這時，小原突然開口了。

「我也可以問一個問題嗎？」

「當然可以。是什麼問題呢？」

她接下來所說的問題我完全沒有料想過。

「奶奶和那個男人看起來很幸福嗎？」

我不知道小原懷著什麼想法詢問這件事。或許她這麼做並無深意，但是她身為孫女，想知道奶奶是否幸福的心情，還是讓我內心的某個角落彷彿被緊緊揪住。

老闆娘思索片刻後，謹慎地反問她：

「就算是以我個人的觀點來發表感想也沒關係嗎？」

「是的，就算是個人感想也沒問題。」

老闆娘清了清喉嚨。她的回答十分簡短扼要。

「他們看起來非常幸福。」

這句話其實也無法表示兩人之間的關係。不過美星小姐的表情看起來好像有點受傷，這會是我的錯覺嗎？

「真的很感謝您告訴我們這麼重要的事情。」

老闆娘謙虛地回應了美星小姐的致謝。

「很抱歉，我沒辦法幫上什麼忙。」

「雖然我知道這麼說很不合理，但我想在最後拜託您一件事。」

「請你們儘管說吧。」

美星小姐提出的要求讓我嚇了一大跳。

「可以請你們今晚讓我住在這裡嗎？如果是那兩人曾住過的『雪花』之間，那就更好了。」

「美星小姐，妳是認真的嗎？我們現在還有回程的電車可以搭喔。」

我慌張地說，小原看起來也很不知所措。美星小姐則對我們露出了一個情感複雜的微笑。

「但我無論如何都想在這裡住看看。如果在同一個房間住一晚，我說不定也能稍微明白太太的心情。」

「妳運氣很好呢。這或許是文殊菩薩的指引吧。」

老闆娘說完這句話後，便對我們解釋了她這麼說的意思。

「今晚我們旅館只有一間空房。那就是『雪花』之間。」

美星小姐高興地拍了一下手。

「所以我可以在這裡過夜，對嗎？」

「但我們只能提供固定餐點，無法讓妳點菜，如果妳可以接受的話，是沒問題。」

「當然沒問題。畢竟突然說要住下來，你們願意提供餐點，我就很感謝了。」

「那麼，能請妳在那邊的櫃台替我們填寫旅客登記簿嗎？還有，你們總共有多少人會在這裡過夜呢？」

當老闆娘的視線瞥向我和小原時，美星小姐告訴她：

「只有我一個人——」

或許美星小姐原本是這麼打算，但我還是打斷她說到一半的話，提出了我的想法。

「我也會在這裡過夜。如果是兩個人住一間房的話，應該沒問題吧？」

「青山先生，這樣好嗎？」

我愉快地對看起來心懷歉意的美星小姐笑了一下。

「如果妳想了解太太的心情，房間裡有男人應該會更好吧。妳別擔心，我會自己付住宿費的。」

「……謝謝你。」

美星小姐看起來很高興，讓我也鬆了一口氣。其實一個人在溫泉旅館過夜並不是壞事。不過，如果現在一個人獨處，她應該會忍不住胡思亂想吧。所以我想待在她身邊，讓她最近經常皺起的眉頭不再如此糾結。

……當我想到這裡時，突然察覺一件事。

這該不會是我第一次像這樣與美星小姐一起過夜吧？

咦……而且還是在同一個房間裡兩人獨處？沒錯，老闆娘剛才的確說過「只有一間空房」。

我感覺到臉頰瞬間變得很燙。雖然剛才是因為一時衝動才這麼說，但我該不會不小心說出了什麼很驚人的提議吧？

我觀察了一下身旁的美星小姐，但她的表情看起來無動於衷。至少對我而言，這是一件相當重要的大事，她究竟是沒有察覺到這點，還是因為有所察覺，才刻意擺出這種態度呢？

美星小姐並未理會獨自在一旁驚慌失措的我，起身準備前往櫃台辦理手續。但就在這時，我想起我們還有一名同行者。

「那麼，我會送小原去車站……」

我一這麼說，小原立刻露出驚訝的表情。接著，她理所當然地對我說道：

「我也會住在這裡喔。」

我並不是唯一感到驚訝的人。美星小姐也顯得十分困惑。

「小原，雖然這麼說對妳很不好意思，但我實在沒辦法連這裡的住宿費都替妳出喔。」

「這種費用我自己會付啦。我不是說了嗎？我這次身上帶了很多錢。」

小原對我們拍了拍她肩上的小背包。

總覺得整件事發展的方向有點不妙。不，其實我並不知道到底哪裡不妙，但還是決定先勸小原打消念頭。

「可是，這間旅館又沒辦法一個房間住三人……」

「請問你們三位是什麼關係呢？」

小原立刻回答了老闆娘的問題。

「我是美星姊姊的親戚。如果他們兩人結婚了，青山先生也會變成我的親戚。」

「等一下，妳不要隨便亂說……」

「如果是這樣的話，我們倒是無所謂喔。」

老闆娘毫不猶豫地答應了。這時應該要察言觀色才對吧！

「你看，人家都說沒關係了。我也和你們一起在這裡過夜吧，不是有句俗語說，『只要三個人同心協力，就會跟文殊菩薩一樣聰明』[9]嗎？而且這裡也正好就在文殊菩薩腳下嘛。」

小原若無其事地大放厥詞。妳也給我察言觀色啦！

「好吧，既然小原都這麼說了……我其實也沒有非得拒絕的理由。」

結果連美星小姐也妥協了，我頓時有種想遮住眼睛的衝動。能和她單獨共度夜晚的夢想就這麼化為泡影了。

美星小姐辦好手續後，旅館告訴我們，要等到晚上七點才能用餐。因為我們是突然決定要住下來的，所以只能在那個時間送餐。

我們循著老闆娘的指引，在構造如迷宮般複雜的旅館裡前進。「雪花」之間就位於一樓的轉角處。

我踏進房間後一眼就認出來了。房裡的模樣和我們在照片裡看到的完全相同。房門附近有個鋪著地毯的空間，太太所坐的椅子就放在那裡，再往裡面走則是一間和室。在敞開的格子拉門外頭，有個小巧的日式風格庭院，對面則是大海。通往天橋立的松樹林就近在咫尺。

「我現在就去拿浴衣跟和室座椅過來。請你們稍等一會。」

老闆娘說完後就離開房間。我們放下行李，圍著矮桌坐下來。

9 只要三個人同心協力，就會跟文殊菩薩一樣聰明，意思等同於「三個臭皮匠勝過一個諸葛亮」。

「因為情況太突然了，我其實沒有帶換洗衣物之類的東西……」我這麼說。

「我也問了旅館的人，但他們說這附近似乎沒有可以買衣服的店家或便利商店。但我想只要搭電車去其他地方就買得到……」

「算了，我們應該也不用為此特地跑一趟吧。反正只會住一晚。」

「我也沒問題喔。因為像牙刷或化妝水這種基本用品這裡都替客人準備好了。」

我看向時鐘，時間差不多快到下午五點半了。

「距離吃晚飯還有一點時間。要先去泡溫泉，然後等晚餐送來嗎？」

「這點子不錯呢。聽說這裡的溫泉有美容效果喔。」

「美容效果？那我們快走吧！」

不久後，我們帶著老闆娘送來的浴衣，離開房間前往大浴場。男女浴室前方都各自掛有布旗，男浴池寫著「伊邪那岐」，女浴池則寫著「伊邪那美」。

溫泉浴場裡沒有其他人，等於可以包場，水質也很好，能讓人徹底放鬆。可能是因為靠近海邊的關係，泉水帶有鹹味。溫度也很高。雖然我是男的，但我並不介意這溫泉讓我變得更美。

因為唯一一把房間鑰匙是由我保管，所以我洗好澡後，就趕在她們出來前先返回房間了。到了大概晚上六點半時，美星小姐和小原也回來了。第一次在我面前穿浴衣的美星小姐看起來十分性感，讓我頓時不知道眼睛該往哪裡擺。在我還沒看習慣之前，吃晚餐的時間就到了。

在位於另一棟建築的餐廳裡，旅館在餐桌上替我們準備了晚餐。當我和美星小姐在已經擺好餐前酒的座位面對面坐下時，小原皺起眉頭。

「我可以把座位移到青山先生旁邊嗎？」

小原的餐點目前是擺在美星小姐的右側。如果要全部移動的話會很麻煩。

美星小姐聽到她堅持要移到我旁邊，露出了懷疑的眼神。

「為什麼呢？」

「因為我是左撇子。如果不坐在左邊，吃飯的時候手臂會和旁邊的人撞到。」

什麼嘛，原來是這樣啊。我和美星小姐都是右撇子，無法體會這種感覺，但這似乎是需要格外注意的生活細節。總而言之，我們接受小原的理由，幫她移動了餐點的位置。

我再次環顧餐桌，發現雖然也有生魚片或吻仔魚小菜等沿海城鎮常見的菜餚，主菜卻是牛肉鐵板燒。

「今天我們提供的餐點是但馬牛懷石料理。」

一名年輕的女服務生如此解釋道。我對她提出心中的質疑。

「但馬牛應該是兵庫縣的名產，是因為離這裡很近的關係嗎？」

「是的。在丹後地區，冬天和夏天分別可以品嘗到松葉蟹和鳥貝等美味海鮮，但現在這個時期正好不是這兩樣食材的盛產期……不過我們今天提供的但馬牛也十分美味喔。」

「我也比較喜歡吃牛肉呢。」

小原這句儼然是年輕人才會說的話，讓現場的氣氛變得融洽許多。畢竟我們當天才決定入住，對菜色沒有選擇權也是在所難免，但要是在這時脫口說出「比較想吃螃蟹」的話，女服務生大概也會覺得很尷尬吧。

餐前酒是口味偏甜的白酒，據說是天橋當地立製造的。然後我點了啤酒當飲料，美星小姐則選天橋立產的白酒。小原還沒成年，所以點的是薑汁汽水。

每道菜都經過精心設計，嘗起來精緻又美味。設計菜單的人似乎特別講究和洋折衷，所以我們也品嘗到像維奇馬鈴薯湯和烤牛肉這樣的菜色。雖然這或許是我對十幾歲青少年的偏見，但我覺得這樣的菜單安排，小原應該也會吃得很開心。

我們沉浸在好酒與美食之中，度過了一段幸福時光，足以讓我們忘記自己正在進行調查。但是，當我把但馬牛肉放在點了火的鐵板上，正在等待它烤熟時，小原說了一句將我拉回現實的話。

「奶奶那時吃的飯，是不是也這麼美味呢？」

「……說得也是呢。我想她應該也有品嘗到喔。」

小原沒有注意到美星小姐話中的感傷情緒，又繼續說道：

「她是和那個叫影井的老爺爺一起吃的吧。他們兩人會不會真的就是外遇關係呢？」

美星小姐把酒杯拿到自己的嘴邊。看起來這動作似乎也是為了讓自己冷靜。她早就已經把白酒喝完，改喝起紅酒了。

「太太來這裡的目的完全只是為了擔任畫作的模特兒喔。」

「可是他們都住在同一個房間裡了。」

「如果他們整整一週都訂兩間房的話，無論如何都會導致支出增加吧。他們或許是為了省錢才這麼安排。」

「可是影井先生應該很有錢吧？畢竟繼承他遺產的妹妹都願意出一千萬日圓尋找正中間的那幅畫了。而且奶奶的住宿費本來就該由拜託她擔任模特兒的畫家來付，我覺得他們應該沒有必要省這筆錢吧。」

其實我已經把在濱松查到的線索大致告訴過小原了。我覺得小原和美星小姐的主張都各有幾分道理。

但是這件事先暫且不提，在我這個局外人的眼裡，小原的態度簡直就像是積極地想證明自己的奶奶與他人有染。她對奶奶可能背叛爺爺這件事一點感覺都沒有嗎？或許是因為她太過年輕，還無法理解事情的嚴重性，所以心態比較像是在欣賞愛情連續劇吧。

美星小姐態度冷靜地試圖繼續反駁。

「當時這間旅館也有可能整整一週都只有一間空房。就像今天這樣，只有一個房間。」

「要去問問旅館的人嗎？七年前的話，或許還有紀錄。」

「算了吧。就算查到他們住在同一間房的原因，也不代表就能知道他們實際在房間裡面做了哪些事。」

的確如此。有可能兩人勉為其難地同房，結果做出了等同於外遇的行為，也有可能影井本來就是抱著這種心態才安排同房，結果太太並未回應他的心意，當時可能的情況實在太多種了。

我被夾在互相爭論的兩人之間，侷促不安地替自己倒了杯日本酒。小原似乎感到心裡很不是滋味，拿著筷子戳了戳烤好的牛肉。

「既然都和以前的情人住在同一間房了，應該會把能做的事情都做一做才對吧。」

「隨便下定論不是件好事喔。我相信太太不會做這種事。」

「美星姊姊，我覺得妳還是稍微正視一下現實會比較好喔？如果老是這樣，連妳的男朋友也會出軌的。」

小原說出這種像在挑釁美星小姐的話後，突然摟住了我的手臂。

「妳別這樣。」總覺得我的口氣聽起來跟嚴肅的老師沒兩樣。

「還好吧，又不會怎麼樣。反正青山先生長得也滿好看的。今天我們兩個人在一起的時候，我也覺得好像在約會，玩得很開心。」

小原完全把我的話當成耳邊風。美星小姐射來的視線跟鐵板一樣灼熱，讓我有種皮膚逐漸被烤焦的感覺，相當可怕。

「我的朋友裡也有很多人的男友比自己年紀還大喔。」

「不行啦。找未滿十八歲的人當對象不太好。」

「原來你在意的是這種問題嗎？」

美星小姐的聲音十分冷酷。我一下子覺得皮膚像被灼傷，一下子又覺得耳朵快凍結。

「美星小姐，請妳千萬不要誤會。我真的對小原一點感覺都沒有。」

「哎呀，你這句話太傷人了吧！」

「你為什麼要跟我解釋呢？你想怎麼做是你的自由吧，這又不算腳踏兩條船，反正我們本來就沒有在交往。」

美星小姐閉上眼睛，又拿起紅酒往嘴裡送。我忍不住說了這句話：

「那我們要交往嗎？」

美星小姐頓時僵住。她的雙頰逐漸染上了紅酒的顏色。

「……」

「呃……美星小姐？」

美星小姐砰地一聲把酒杯用力放回桌上，並以整間餐廳都聽得見的響亮音量大叫道：

「我拒絕接受喝醉酒的人隨口說出的表白！」

美星小姐一說完這句話就低下頭來。小原則放開了我的手臂。

「拜託，哪有人會挑這種時候告白啊。就算是女高中生也不可能答應。」

那我到底要怎麼回答妳們才會滿意啊？結果等我回過神時，鐵板上珍貴的但馬牛肉已經開始傳出焦味了。

5

我們吃完氣氛尷尬的晚餐，回到「雪花」之間時，房間裡已經並排鋪好了三床棉被。

「這就是所謂的『川字形』呢。」

小原說完這句話後，就馬上跑到最裡面的床鋪上躺下來了。

雖然距離睡覺時間還有些早，但連續幾天長途移動也累積了不少疲勞。因為這附近沒有商店，我們完全沒有想要外出買東西回房間吃吃喝喝的念頭。

我一刷好牙躺到床鋪上，睡意便立刻湧上，模模糊糊地聽著小原喋喋不休聊著一點也不重要的事情，在晚上十點左右時睡著了。

我似乎作了個夢。

有一名女性站在被松樹林環繞的沙灘上。我試圖靠近她，但雙腳陷在沙子裡，無法順利前進。就在這時，一名男性出現在女性身旁，兩人看起來很親密地挨著彼此的肩膀，然後逐漸走遠。

我茫然地呆站在原地。妳不是曾要我哪裡都別去嗎？她是我非常重視的——

當我醒來時，房間裡正不停傳來雨水打在窗戶上的聲音。

我感覺得出來，自己並沒有睡得很久。我在一片漆黑的房間裡拿起手機查看，時鐘上顯示的時間已經過了零時。

我知道我在夢中體會到的失落感是來自於誰，卻又覺得那對男女或許是太太與影井。因為兩人親密走在一起的樣子宛如一幅畫，令人無法忘懷。

我翻身想確認本該躺在旁邊的人是否還在。結果我發現了一件事。

隔壁床鋪的棉被裡空空如也。

我在黑暗中坐起身子。小原仰躺在最裡面的床鋪上，正發出熟睡的呼吸聲，但是正中間的床鋪卻不見美星小姐的身影。

我離開床鋪查看了一下浴室和廁所，但沒有發現任何人。再看向被移到房間角落的矮桌上，原先放在那裡的鑰匙也不見了。

這時或許不要去打擾她會比較好，而且我並不擔心她的安危。但大概是被剛才的夢所影響，我還是決定去尋找美星小姐。

因為門鎖並不是自動鎖，我有點擔心不上鎖就離開會有危險，但因為沒有鑰匙，也沒辦法從外面鎖上門，也只好這樣了。我一邊祈禱這段時間不會發生什麼事，一邊靜靜地關上房門。

因為外面正在下雨，我推測她不會走到旅館外。雖然腦中曾閃過她說不定正在浴場泡溫泉的念頭，但我決定如果在其他地方都找不到她，再來考慮這個可能性。

結果我的運氣還算不錯，一下子就找到她了。當我從旅館內走到大廳時，發現隔壁休息室落地窗外的屋簷下有張板凳，穿著浴衣的美星小姐就坐在那裡。

她的身體面對著大海，正在眺望自夜空落下的雨滴。因為她的側臉看起來有些抑鬱，我頓時不知該不該向她搭話。

美星小姐似乎聽見我走近時的腳步聲，把頭轉向了這邊。她的臉上浮現驚訝的表情。我推開窗戶走到外面。

「妳睡不著嗎？」

這是我在百般斟酌後吐出的第一句話。美星小姐把臉轉回正前方。

「我吵醒你了嗎？」

「不，我醒來後才發現妳不在房間裡。」

我在她右側坐了下來。外頭的雨勢大到讓人很難想像白天時還是晴朗的好天氣。

「妳一直在煩惱某些事情對吧。這是妳睡不著的原因嗎？」

「是的……因為我開始覺得有點迷惘。」

「迷惘？」

美星小姐突然沮喪地垂下頭來。

「這是太太在過世時一起帶進墳墓裡的祕密，我不知道在此時揭露真相到底對不對。」

啊，原來如此——我心想。因為自從美星小姐看見小原發現的那張影井與太太的合照後，我就一直覺得她看起來好像很痛苦。

「畢竟這事關太太是否外遇，也難怪妳會有這種想法。」

「我沒有辦法像小原那麼樂在其中。去挖掘一個已經過世，沒有辦法反駁的人的祕密，這樣的行為實在太惡劣了。」

「不過，美星小姐妳前天也說過『仍活著的人的心情還是比較重要』對吧。我覺得妳說的完全沒錯喔。」

「因為那時我還沒有看過那張照片。既然活著的人都可以擁有祕密了，讓已經過世的人繼續保有祕密也沒什麼不好吧？」

我一聽到她這麼說，便忍不住如此詢問她：

「妳心中也有什麼祕密嗎？」

美星小姐微微一笑。

「有喔。畢竟我也是人嘛。」

我們陷入沉默，雨聲填滿了兩人之間的寂靜。我其實也有無法告訴美星小姐的祕密。因為不希望她多問，所以也不會主動想知道她的祕密。

突然間，我的身體左側感覺到一股重量與暖意。

我看向該處，美星小姐正把頭靠在我的肩膀上。

「如果青山先生你和我不認識的人結婚——」

我聽到她以細若蚊蚋的聲音這麼說，覺得自己幾乎快要窒息。

我希望她不要在心裡假設這麼悲傷的事，卻無法開口。剛才不願接受表白的人明明就是妳——因為我會忍不住想這麼說。

「我們彼此都上了年紀之後，在我得了病，說不定很快就會死時，如果我說我想見你，你還願意見我嗎？你會來見我，然後接受我所有任性的要求嗎？」

我無法回答。

我要是點頭了，就等於承認千惠的行為是外遇。但我如果搖頭，就表示我會棄美星小姐於不顧。所以我無法回答這個問題。

她也知道我會陷入兩難，所以才如此詢問。片刻之後，我的左耳聽見一道吐氣聲。

「對不起，你一定覺得這個問題很壞心吧，請你忘了這件事。」

「美星小姐，我——」

連我也不知道自己究竟想說什麼。而且美星小姐在這時站了起來，所以我也只好閉上嘴巴。

她站到我面前，露出有些空虛的笑容說道：

「那我先去睡覺了。」

我無法攔住已經慢慢走回旅館內的她，也不知道還有什麼話能對她說。

在那之後，我的身體跟扎了根一樣無法離開板凳，只好待在原處盯著雨滴看了一小時，並在心中思索自己該如何回答剛才的問題。

結果，美星小姐在隔天早上失去了蹤影。

第三章

失去蹤影的早晨

1

早晨的刺眼陽光照亮房內，喚醒了我。

雖然格子拉門是關起來的，還是可以清楚地感覺到外面天氣十分晴朗。那些帶著雨水的烏雲似乎昨夜就離去了。

我保持仰躺在床鋪上的姿勢，恍恍忽忽地想著。昨天我和美星小姐坐在板凳交談的那段時間是真實發生過的事嗎？無論是那場雨還是對話的內容，全都讓我覺得好像只是夢境的延續。不過，當我目送美星小姐走回房間，獨自在原處待了一會後才返回這間「雪花」之間時，的確看見了在我旁邊的床鋪上熟睡的美星小姐。她的臉龐在黑暗裡顯得相當白皙，我的腦袋絕對無法在夢中描繪出如此美麗的睡臉。

我轉動脖子看向旁邊。

美星小姐所睡的地方，正中間的棉被已經折得整整齊齊。

我那時並不覺得這有什麼不對，只猜測她可能在早上又去泡一次澡而已。

但是，當我從床上坐起來，在矮桌上發現了一張旅館房間裡備用的便條紙，以鑰匙壓著固定住。

我以跪姿移動膝蓋靠近矮桌。便條紙上的字是美星小姐的筆跡，內容如下：

「青山先生、小原：很抱歉害你們陪我做了這麼多事。不過，接下來我想自己一個人繼續調查。」

我該不會還沒有從夢裡醒來吧？還是睡昏頭了，所以沒辦法好好閱讀文字？我一邊這麼想，一邊把這封信重看了好幾次。但是寫在上面的文句並沒有因此改變。

我想起美星小姐昨晚的神情舉止。

——這是太太在過世時一起帶進墳墓裡的祕密，我不知道在此時揭露真相到底對不對。

我為什麼還能這麼悠哉地呼呼大睡呢？我連她寫下這封信和折棉被時的一舉一動都沒有察覺到嗎？

我走到還在熟睡的小原床鋪旁，搖了搖她的肩膀。

「小原，快起來。」

但她沒有反應。我只好更用力地搖動她。

「快點起來，大事不好了。」

小原皺起了眉頭。

「小原，妳醒了嗎？」

「嗯……我才不是小原咧。」

她拉起棉被蓋住身體，看起來還想繼續睡。我只好把棉被直接從她身上扒下來。

「現在真的不是開玩笑的時候啦！」

「好冷。」

「別鬧了，快起來。美星小姐不見了啦。」

「咦……不見了？」

小原從床上跳起來。她身上的浴衣變得歪七扭八，頭髮也相當凌亂。

「妳看這個。」

我把美星小姐留下的信交給她，結果她看完上面的內容後，就大叫起來。

「這也太莫名其妙了吧！」

可能是因為才剛睡醒，她的叫聲有點沙啞。

「這到底是什麼意思？為什麼突然說要自己調查啊？」

「那是因為……」

我把昨晚和美星小姐交談的內容告訴了小原。

「美星小姐大概是料想到，今後可能會查出不利於太太的真相，所以打算獨自扛下這一切來保護故人的名譽吧。」

「就算是為了奶奶的名譽，美星姊姊也沒有獨占事情真相的權利吧？我可是奶奶的孫女耶。」

小原的心情我也能明白，所以被夾在中間讓我感到很難受。於是我如此安撫她：

「就算再怎麼無法忍受美星小姐做的事，她也已經離開這裡，那些少數可以當線索的照片也被她帶走了。我們現在什麼都做不了了。」

但是小原並不是一個會因為這些理由就乖乖放棄的高中生。

「青山先生，我們一起繼續調查下去吧。或許我們能夠在某個地方追上美星姊姊，甚至比她還要早一步查出真相。」

「但是美星小姐並不希望我們繼續插手這件事，我總不能違背她的意願……」

「你該不會是打算把一個女高中生丟在這個人生路不熟的地方不管吧？如果我因此出了什麼事，青山先生你不怕晚上睡覺會作惡夢嗎？」

看來她現在似乎是在威脅我。這世上怎麼會有這種高中生啊？

「好吧，我知道了……我會陪妳調查到妳滿意為止的。」

結果我屈服了。小原滿意地拍了一下手。

「這樣才對嘛！」

「不過，妳所謂的『繼續調查』到底是想查什麼呢？」

「我想找出正中間那幅消失不見的畫。我覺得只要能找到它，一切問題都會真相大白。」

小原充滿幹勁。她該不會也被那一千萬日圓的報酬衝昏頭了吧？

老實說，我並不認為自己和小原兩人能夠一起調查出什麼新的真相。所以講白了，我覺得自己比較像是陪小孩散步的監護人。要是美星小姐事後責怪我，只要老實地向她道歉就行了。

目前的時間是早上八點。我們洗完臉並換好衣服後，便在昨天那間餐廳裡吃了早餐。早餐的菜色有烤魚、冷豆腐和高湯蛋捲等等，吃起來既豐富又帶有親切感。

我們早上九點半左右離開旅館。美星小姐已經先把我們的住宿費一起付清了。之後得找機會還她這筆錢才行。

「所以……妳現在想去哪裡呢？」

我向小原尋求指示。

「我們去天橋立走一遍吧。因為奶奶他們在畫那張畫時，好像也去了那裡好幾次。」

雖然我認為希望不大，但或許有些事情是要實際走一趟才會發現的。所以我們便穿過昨天走的參拜道路前往天橋立了。

天橋立與對岸並不是真的以土地相連，所以在南端設有一座橋。這座橋是罕見的迴旋橋，在船隻經過時，會水平旋轉九十度讓船能順利通過。既然都來到這裡了，當然會想看看它轉動的樣子，但附近的管理小屋的人說，它有時候一天只會轉兩三次，也不確定何時才會轉動，所以我們只好放棄，迅速前往下個景點。

天橋立的地形幾乎是筆直地往南北兩方延伸，東側是沙灘，西側則是松樹林。只要越過迴旋橋，馬上就能抵達東側的天橋立海水浴場。我們邁步走到沙灘上。

「這裡的海很美呢。」

我也和小原有同樣的感想。

「海水的顏色是翠綠色的，看起來很清澈。如果只看照片的話，就算說這裡是熱帶國家，可能也沒人會懷疑。」

海水浴場的規模不大，但夏天時應該很熱鬧吧。這片沙灘外觀看起來像是切得很工整的正方形，在對岸也看得到陸地，景觀十分特殊。

我們沿著海岸往北走。沙灘不是筆直的，而是呈現好幾個半圓形缺口重疊在一起的形狀。位處海灘邊緣的沙地是濕的，讓我確實體會到昨晚的雨並不是夢。

天空好像起了一點薄霧，海風吹過皮膚時還帶有幾分寒意。我們步行約二十分鐘後，小原突然停了下來。

「那張照片是不是就在這附近拍的啊？」

照片不在我們手上，只能靠記憶來判斷，但沙灘上的景色不管走到哪都大同小異，我無法給予她明確的答案。不過，我覺得這裡現在的景色應該還是跟七年前一樣，一點也沒有改變。

「雖然是理所當然的事情……但除了他們兩人之外，還有幫忙拍照的人對吧。」

我說出了自己所在意的問題。

「會不會還有其他人與他們兩人同行呢？」

「但是一起住在旅館的，的確只有他們兩人喔。」

「如果是住在這附近的人拍的，應該就不會住在旅館裡了吧。」

「你指的是當地導遊嗎？」

「大概可以這麼說吧。不管那是誰，如果有人和他們同行，正中間的畫或許會在那個人手上。」

而且如果有人同行的話，我認為外遇的可能性也會降低。不過——

「美星姊姊手上的相簿裡，並沒有看起來像是那種人的照片，也沒有影井先生的照片。所以我覺得有人和他們同行這個猜測有點牽強。應該只有那張照片是把影井先生的相機交給剛好路過的人，請對方幫忙拍的吧。」

因為小原的反駁的確有其道理，我最後還是否定了可能有人同行的假設。

「話說回來，為什麼只有那張照片放在太太那裡呢？」

小原回答我時，口氣聽起來好像不覺得這有什麼好問的。

「因為是紀念照，所以是在兩人分開之前沖洗出來交給她的吧？」

「妳忘記了嗎？那本插入式相簿裡有一格是空的喔。」

如果那邊原本放的是那張照片，至少說明影井曾把那張照片放在自己家裡。

「那裡面……說不定放的是別的照片啊。」

雖然小原這麼說，但聽起來實在很牽強。

「有一張照片應該放在那本相簿裡，相簿又剛好空了一格。人們自然會認為那張照片原本就是放在那裡的。」

「那就是他後來用郵寄等方式把照片交給她了吧。情況不就只有這幾種而已嗎？」

的確是這樣沒錯。既然如此——

「所以那兩人離開這裡並互相告別後，還曾經私下聯絡過嗎？」

「大概是這樣吧。」

雖然我有點在意小原敷衍了事的口氣，但這是我們唯一能夠想到的結論。

「不過，我還是覺得哪裡不太對勁……太太欺騙藻川先生離家出走，回來後連在日記裡都沒有留下半點紀錄，她這麼擔心丈夫知道影井先生的事，還有可能在那之後繼續與影井先生保持聯絡嗎？」

「也有可能只是影井先生單方面把照片寄給她而已啊。」

「就算是這樣，總覺得太太把照片收藏起來這件事很不自然。」

「就算在這件事上面鑽牛角尖也沒什麼意義吧。因為奶奶的確把那張照片偷偷保存起來了啊。」

雖然是這樣沒錯，但我還是難以釋懷。小原看到我陷入沉默，又趁勢說道：

「既然奶奶把照片收藏起來，不是反而證明了兩人的確是外遇關係嗎？因為影井先生是奶奶很重視的人，所以她怎麼樣都無法扔掉那張照片。」

又來了。我停下腳步轉身面對小原，想確認她真正的想法。

「小原，不知道為什麼，我總覺得妳好像一直很希望妳奶奶外遇這件事是真的。」

小原先是驚訝地眨眨眼睛，接著就踢了一下腳邊的沙子。

「我才沒有……我只是想知道真相而已。」

「真的是這樣嗎？但我覺得一般來說，當孫女的人應該都不會希望自己的奶奶背叛爺爺吧？」

「你說的一般是指什麼啊？就算奶奶真的外遇了，我也可以保證自己絕對不會因此討厭奶奶。只要能知道奶奶這輩子都活得隨心所欲，對我來說就足夠了。」

活得隨心所欲。我在她這句話中嗅到了一絲煩悶。

「小原，妳現在有男友嗎？」

小原似乎覺得我這問題問得很沒頭沒腦，噗哧一聲笑了出來。

「青山先生，這種話在最近已經算是性騷擾了喔。」

「妳不要講得好像自己很懂這種事啦。我又不是無緣無故隨便亂問的。」

「畢竟你對我一點感覺都沒有嘛。」

她先拿我昨天說的話挖苦我，然後才如此回答：

「有喔。是和我同班的男生。」

「咦？原來有啊。」

「等一下，你這驚訝的反應也未免太沒禮貌了吧？」

「呃，我並不是那個意思……但妳都有男友了，卻又對我示好，這樣是不對的吧？」

「你的想法也太死板了吧。」小原如此調侃我，然後又繼續說道：

「我和他相處得並不是很順利。」

因為她的語氣聽起來十分落寞，我決定再多問一點細節。

「是哪方面不順利呢？」

「他很容易嫉妒，占有欲又很強，讓我在學校時一直覺得喘不過氣來。我們老是為了這件事吵架。」

仔細想想，在我的高中生活裡，無論是男是女，像小原男友這樣的人都挺常見的。

「所以我有時候會想逃到他不在的地方透透氣。雖然不至於真的腳踏兩條船，但和其他男生聊天時，又會忍不住覺得很開心。」

「透透氣啊……」

「今天的行程也是在透透氣。因為和青山先生聊天滿輕鬆的，不會讓我覺得有年齡隔閡。」

我自認是個意志堅定的人，不會因為一個女高中生對我說這種話就動情。不過，我現在明白她為什麼不會對外遇這件事抱持感情潔癖的價值觀了。

所以我接下來的這一句話並不是隨口說說，也不是瞧不起她的戀情，而是出自我真心的誠懇想法。

「妳還是跟他分手會比較好吧？」

但是小原似乎已經聽習慣這句話，所以只是笑著對我說：

「但我還是很喜歡他啊。」

「我覺得這樣的關係並不是真正的喜歡喔。」

她聽了之後沒有生氣，而是轉身面向前方並邁出步伐。

「這並不是青山先生你能夠評斷的事情喔。」

「妳也可以讓自己活得更隨心所欲啊。沒必要被那種心胸狹窄的男友束縛。」

小原大笑了起來。

「青山先生，你一下子叫我不要希望奶奶真的外遇，一下子又叫我學奶奶活得隨心所欲，我到底該聽哪一邊才對啊？」

「如果妳真的想知道的話……我只是希望妳在愛一個人這件事上，可以再更認真思考一下而已啦。」

我其實也很清楚自己沒有資格用這種自以為是的態度對別人說三道四。不過小原還是很老實地回答我：

「我會把這句話放在心上的。」

大約一個小時後，我們抵達天橋立的另一頭，繼續沿著左邊的大海往前走，來到一棟寫著「觀光船搭乘處：一之宮站」的建築物前。只要在這裡搭船，似乎就可以返回天橋立的南端。

「好了，我們現在要做什麼呢？」

我如此詢問小原。她把手放在下巴上思索了一會後說：

「我覺得我們已經把能在天橋立查到的事情徹底調查完了。所以想再確認一次奶奶的生活環境。前天我們去爺爺家時，還沒有計畫尋找正中間的畫，不過就算無法真的找到那幅畫，說不定也還有其他被我們忽略的線索。」

「說得也是呢。好，那我們就回去京都市吧。」

我們買了觀光船的票。這是一艘只要走到甲板上就能餵食海鷗的船。天橋立的松樹林就位於船隻前進方向的左側，我們在船上欣賞眼前風光明媚的景色，大約十二分鐘後便回到文殊地區。然後我們在天橋立站再次購買車票，搭乘特急列車橋立號離開了丹後地區。

2

下午兩點左右，我們抵達了京都站。小原所住的旅館位於京都站旁邊，我們交換完電話號碼，她就暫時跟我分開了。我也先返回自己家換衣服並處理一些雜事。

我們已經事先商量好，要在兩小時後到塔列蘭的庭院會合。我較早抵達，小原則晚了約十分鐘才出現。

「好，那我們現在就去藻川先生的家吧。」

當我這麼說並打算踏出腳步時，小原卻抓住我的袖子阻止了我。

「我現在身上沒有爺爺家的鑰匙。」

「啊，對喔。妳沒辦法跟妳爸爸借鑰匙嗎？」

「沒辦法。美星姊姊不是說了嗎？我爸爸已經回濱松上班了。」

我完全忘了這件事。我們打算檢查太太的遺物，所以才會約在塔列蘭會合，結果竟然沒有鑰匙。

「沒辦法，只好去醫院跟藻川先生借鑰匙了。」

「爺爺的鑰匙不是已經被美星姊姊拿走了嗎？」

「好像是這樣沒錯……嗯……所以我們特地約在這裡會合，結果卻什麼都做不了呢。」

我很快就萌生退意，因為今天的調查行動並不是由我主導。如果小原在這時說「那我們解散吧」，因為連續幾天長途移動而累積不少疲勞的我反而會輕鬆許多。

不過，想也知道事情不可能如我所願。還不肯放棄的小原說道：

「至少我們還可以跟爺爺借到塔列蘭的鑰匙吧？」

「因為美星小姐自己也有一副塔列蘭的鑰匙，所以藻川先生的那副目前或許還在他身上吧。」

「青山先生，你去醫院幫我借鑰匙吧。」

「為什麼是我啊？我在這件事裡是個局外人，他不可能借給我的啦。小原妳自己去不就得了嗎？」

「我也是不久前才第一次踏進塔列蘭啊，我不認為爺爺會把鑰匙借給我。青山先生你是常客，應該比較受到爺爺信任吧。」

「嗯……」我在盡可能讓步後說道：「那我們兩個人一起去拜託他吧？」

「不行。反正看是要跟爺爺下跪，還是用其他方法都行，青山先生快去幫我借鑰匙。」

她對這件事的態度也未免太固執了。為什麼我非得幫她做到這種地步不可啊？

「所以我就說了，他不可能借給我……啊。」

我察覺到塔列蘭的窗戶內側好像有什麼動靜，便看向該處。

是查爾斯。牠正坐在窗邊理毛，簡直就像在設法引起我們注意。

「美星小姐不在的話，那目前是由誰在負責照顧查爾斯的呢？」

我其實只是自言自語，小原卻對這句話有了反應。

「就是這個！只要跟爺爺說美星姊姊目前行蹤不明，所以要去店裡照顧貓，就算是青山先生也能借到鑰匙的。我連塔列蘭店裡的東西放在哪裡都完全搞不清楚，你既然知道貓飼料放在哪裡，由你來開口也比較合理吧。」

我最後還是被小原說服了。

「我知道了啦……那我去去就回。」

「你要盡量快一點回來喔。」

我一邊覺得小原的催促聽起來毫無道理，一邊動身前往藻川先生所在的醫院，而且還在途中的一家日式點心店買了第二次探病禮物。不用說也知道，這是我自掏腰包買的。

醫院這時正好是探病時間，所以我順利抵達了藻川先生的病房。三天不見的藻川先生還是有些無精打采。

「你在這裡有看到可愛的護理師嗎？」

我刻意提起他可能會高興的話題，但是——

「沒救了，我現在連判斷每個人的臉長得漂不漂亮都提不起勁囉。」

這真的很不像他會說的話。簡直就跟忘了把蘋果餡放進去的蘋果派一樣。

「老實說，美星小姐今天早上突然失去了蹤影。她日前似乎正為了達成藻川先生的要求四處奔走，但不只是美星小姐，我也很擔心查爾斯的情況。所以如果你不介意的話，可以把塔列蘭的鑰匙借給我嗎？」

我無法以自己的判斷向他報告調查進度，所以只好像這樣含糊帶過。藻川先生好像已經連拒絕的力氣都沒有，態度很隨便地對我抬了抬下巴。

「鑰匙放在那邊的櫃子裡，你就自己拿走吧。」

「謝謝你這麼信任我。」

「這跟信任沒關係。反正如果發生了什麼事，我只要猜測犯人是你就好啦。」

「……原來是這樣啊。」

我打開櫃子的抽屜，拿出皮革製的鑰匙包。同時還檢查了一下，藻川先生家的鑰匙果然被美星小姐拿走了。

「那鑰匙我就先借走了。可能會借到與美星小姐會合為止，但我會盡快還給你的。」

「你要什麼時候還都行，但可不能把女人帶進我們店裡唷。」

「我才不會為了這種事特地帶點心來探望你呢。」

我並沒有告訴他，我打算帶小原進去店裡。

「那我就先離開了，也請你別太過沮喪喔。小原也很擔心你。」

我在離去時對藻川先生這麼說，他驚訝地眨了眨眼睛。

「小原也跑來這裡了嗎？」

「咦？她不是說有來探望你嗎？」

「那是假的。我根本沒見到她呀。」

我難以置信地反問他：

「藻川先生，你該不會是因為生病時意識模糊，所以不小心忘了這件事吧？」

「我才沒有意識模糊。她真的沒有來探望我。」

如果藻川先生沒有說錯，那小原為什麼會說謊呢？我思考到這裡時，突然想起了小原說過的話。

——我是來探望爺爺的。因為我正在放春假，閒著也是閒著。

——既然都來到京都了，我覺得只是探個病就回去也滿可惜的，想在這裡到處逛一下。

我擅長把別人說的話一字不差記下來。仔細想想，小原從頭到尾都沒有說過她已經來探過病了。所以至少可以確定她沒有說謊。

「對不起，是我想事情時太倉促，搞錯了。她好像沒說過自己有來探病。」

「那就好。不過，小原她都特地跑來京都了，結果卻沒有來探望我，她到底在做什麼呀？」

他說得沒錯。小原抵達京都後，本來就應該先來醫院探病，就算昨天和今天抽不出空檔，她前天也有很多時間可以做這件事才對。

雖然我覺得不太對勁，但只要之後再找本人確認就行了。所以我對藻川先生說：

「我會好好勸她，叫她記得來探病的。」

總而言之，我成功地借到鑰匙了。離開醫院後，便匆匆忙忙地趕回塔列蘭。雖然小原應該沒有一直待在庭院等我，但我在那裡看到了她。我向她揮揮鑰匙包之後，她便對我豎起拇指。

「做得好，青山先生！你沒有白跑一趟呢。」

「是啊。藻川先生也說他完全信任我。」

我一邊把鑰匙插進門裡一邊說道：

「藻川先生知道小原妳在京都後，覺得很寂寞喔。為什麼還沒有去探望他呢？」

小原的表情看起來像被責罵的小孩。

「因為我來到京都之後，覺得這裡實在太有趣……想說要探病的話隨時都能去，所以就把行程一直往後延了。」

「雖然我可以理解妳的心情，但既然是這樣的話，妳剛才跟我一起去不就好了嗎？」

「就算現在去見爺爺，我也不知道該擺出什麼表情才好。還是等處理完奶奶的事之後再去吧。」

她真的在奇怪的地方表現得很固執。我實在是摸不透女高中生這種纖細又複雜的心境。

我順利地轉動鑰匙，兩人一起進入塔列蘭。我查看了裝著查爾斯飼料和水的容器，發現分量十分足夠。

「哎呀，美星小姐好像曾經回來過這裡一次喔。」

「真的耶，她會不會就在附近啊？」

「說不定她也跟我們一樣，想到可以重新檢查太太的遺物……」

但小原似乎在等我去借鑰匙回來時，就已經先去藻川先生住家門前查看了。

「我按了門鈴，但沒有任何反應喔。雖然也有可能是她在裡面，但假裝沒人在家，我感覺不出來有人在活動。」

「這樣啊。如果美星小姐只是為了查爾斯才匆匆回來一趟的話，要追尋她的行動路線感覺很困難呢。」

後來我們分頭行動，開始在塔列蘭店內尋找線索。連店後方可以用來休息的準備室，以及放著那個摔破杯子的餐具櫃等地方，也仔細地一一檢查過。但是最後感覺整間店好像只放了經營咖啡店必須用到的東西，所以連與太太有關的東西都沒看到，更別說是能夠聯想到影井遺作的物品。

我們就這樣毫無成果地在店裡待了大約一小時。外頭的天色已經完全暗下來了。我走完整條天橋立後，又搭車移動到京都市區，之後還一直到處跑來跑去，難免感到疲勞，便對小原如此提議：

「小原，我們來喝杯咖啡吧？」

「青山先生你對這間店的調理區很熟悉嗎？」

「我之前為了煮出味道和美星小姐一樣的咖啡，曾在這裡練習過喔。」

我是為了某個女孩才這麼做的，但還是別告訴她吧。

我請小原在吧台前坐下，開始煮咖啡。先把裝了水的煮水壺放在爐子上開火加熱，用附有圓球形儲豆槽的傳統磨豆機磨好兩杯份的咖啡粉。接著從冰箱拿出泡在水裡的法蘭絨濾布，套進手把後，再固定到咖啡壺上，把咖啡粉放進去。然後用一點熱水先悶蒸一下，最後用煮水壺慢慢倒入熱水。一股濃厚芬芳的香味頓時籠罩店內。

我把咖啡倒進白瓷杯中，送到小原面前。這次她先在裡面加了牛奶和糖後才開始喝。

「嗯，很好喝。」

我也試了一下味道。雖然和美星小姐煮的咖啡相比，我還是覺得好像少了點什麼，但煮出來的味道還算不錯。

「我是從國中時開始喝咖啡的。因為那時認識了某個人。」

我不由自主地聊起了這個話題。

「我一開始只覺得那是很苦的飲料。但是後來喝著喝著，就漸漸迷上它了。連黑咖啡我也開始覺得好喝。不過，就算到了現在，我還是記得自己小時候忍著苦味喝咖啡的心情。」

那段記憶距離現在也只過了大約十年。我在現在的小原身上看見了當時的自己。

「小原妳以後一定會比現在更喜歡咖啡的。我希望妳可以喜歡上它。如果妳在這裡喝過的咖啡，能成為妳喜歡上它的契機，那就太好了。」

「為什麼你會這麼想呢？」

「因為這是妳奶奶所鍾愛的味道啊。這個味道現在是由美星小姐繼續傳承下去的。」

小原拿著湯匙攪動應該早就攪拌均勻的咖啡，喃喃吐出了一句話。

「原來奶奶這麼喜歡咖啡，甚至為它開了一間店啊。」

雖然塔列蘭並不是只有販賣咖啡，但從它用留下咖啡名言的伯爵來命名，從這點就看得出來，這基本上是一間以咖啡為賣點的店家。

「塔列蘭開始營業的時間好像比太太與藻川先生結婚的時間還早，所以已經是將近半世紀前了吧。」

「青山先生你知道奶奶是怎麼創立這間店的嗎？」

「如果妳要認真問的話，其實我也沒聽過詳細的情形呢。我只知道太太的家族是大地主，這間店是她用家裡的財產開的。」

就在這個時候，我突然想起了某件事。

「我記得太太好像在開店前就和ROASTER有來往了喔。」

「ROASTER？你說的是波士頓龍蝦嗎？」

「那是Lobster。ROASTER指的是咖啡豆的烘焙所喔。塔列蘭所使用的咖啡豆都是在北大路上的烘焙所採購的。」

老實說，我並沒有去過那裡。因為直接跳過塔列蘭去烘焙所購買咖啡豆，總覺得好像在偷窺人家的商業祕方，所以我一直不敢親自跑一趟。

「那間烘焙所的店長好像已經年紀很大了，似乎在很久以前就跟太太有交情。因為那時塔列蘭還沒有開始營業，他應該知道太太二十歲左右時的事情。」

小原的表情看起來像是發現了一絲希望。

「如果那位店長也知道影井先生的話……」

「說不定值得我們去找他打聽看看喔。」

「青山先生，我們去看看吧。那間烘焙所營業到幾點啊？」

我用手機查了一下。那間烘焙所有個官方網站，根據上面的資訊，好像是營業到晚上七點。現在時間是晚上六點多。如果是在北大路上的話，只要動作快一點就趕得上。

「我們不能再磨蹭下去了。小原，妳咖啡喝完了嗎？」

「嗯。杯子我來洗吧。」

我們把杯子和咖啡壺等用具洗乾淨，再把法蘭絨濾布按照原樣保存在冰箱裡，然後就離開了塔列蘭。當我們正要關上門時，查爾斯像是在對我們說路上小心一樣，「喵——」地叫了一聲。

3

因為時間寶貴，走到丸太町通後，我直接招了計程車。只要從北大路轉進小巷，再前進一小段，就可以抵達我們要去的那間烘焙所。

我知道那間店歷史悠久，所以原本以為會看到一棟老舊的木造獨棟房屋。那間烘焙所卻是一棟以白色和木質色調為底的典雅時髦建築，與北大路區的氣質十分相稱。因為建築物感覺還很新，肯定是在某段時期翻修改建過了。這麼說來，他們的官方網站也設計得很新穎。

入口大門的玻璃窗上用白字寫著店名「根津烘焙所」，下方也有英文名「NEDU ROASTER」。看來他們除了提供營業用咖啡豆給塔列蘭這種咖啡店之外，也有針對單一客戶販賣咖啡豆。我打開門走進了店裡。

店內的風格也和外觀一樣明亮清爽。我第一個注意到的便是放在店後方的大型熱風式烘豆機。這台機器的外表和蒸汽火車一樣黑漆漆的，上方是可以倒入生豆的漏斗，中間是烘焙咖啡豆的鼓風機，前方則有一個冷卻箱，用來冷卻烘好的豆子，但目前似乎已經沒有在使用了。

機器的前方是櫃台，上面放了一排已經用袋子密封好的咖啡豆，有一名老人正坐在旁邊的圓椅上。雖然是第一次見面，但我曾聽美星小姐說過他的名字是根津選一。他頭上的白髮梳得很整齊，還長了一張讓人忍不住聯想到貓頭鷹的臉，和他身上穿的橫條紋POLO衫很相配。

據說塔列蘭的咖啡香味一直都是他以前和千惠以及現在的美星小姐齊心協力製作出來的。美星小姐每天都會檢查咖啡的味道，再向根津開出要求細膩的訂單。根津接下訂單後，會微調烘焙的溫度和時間等條件，精準地達成她的要求。美星小姐曾說過，他那細緻的技術完全就是個一流的專家。但他目前年紀已經超過七十五歲，要繼續一個人管理這間店實在有難度，所以據說最近他兒子已經接棒成為第二代，而且專業水準和父親相比毫不遜色。

目前店裡似乎只有店長根津選一一個人。雖然我覺得他不可能沒有注意到我們來訪，但他正毫無反應地盯著櫃台旁邊看。

「那個……不好意思。」

直到我開口搭話，他才終於把臉轉向我。

「我們是塔列蘭咖啡店的相關人士，請問美星小姐今天有來這裡嗎？」

老店長動作緩慢地站起來，走到我們面前。

「美星今天沒有來喔。幾天前我在電話裡聽她說又次先生病倒了，所以店裡要暫時休息一陣子。」

他說話的嗓音有些沙啞，口氣相當悠哉緩慢。

美星小姐的調查途徑似乎和我們不一樣。雖然我也很好奇她的動向，我們來這裡還有其他目的。

「我們來找您，是想打聽塔列蘭前任店長太太的事情。」

「千惠女士的事情？你們是誰啊？」

「我是藻川千惠的孫女。這位陪我來的人是美星姊姊的男友。」

小原主動向他說明我們的身分。我本來想否認我是男友，但這樣的身分設定或許比較容易從根津口中問出線索，所以最後我改變了想法。

「哦，你是美星的男友嗎？」

他露出了像在打量我的眼神。我一邊笑著敷衍，一邊問道：

「她今天早上突然失蹤了。因為這件事和千惠女士有關，我們正在調查千惠女士的事情。」

「雖然我聽不太懂，不過就算了吧。你們想問關於千惠女士的什麼事呢？」

「根津先生，您是在千惠女士還年輕時就認識她了，對吧？」

我自然而然地掌握了對話的主導權。

「千惠女士第一次來我們的烘焙所時，才二十歲呢。她不管聊什麼事都充滿活力，是個很有趣的小姐哪。」

這段評論的確很像出自年紀大的人之口。

「她為什麼會來這間店呢？」

透過這個問題，我們立刻切入核心。

「是一個男人帶她來的。」

「您還記得那是怎麼樣的男人嗎？」

「是個將來想當畫家的青年。他們兩人當時是情侶。」

我和小原互看對方一眼。情況如預期發展，讓我們內心十分興奮。

「那位青年的名字是不是叫影井呢？」

「嗯，我記得是叫這個名字。」

「這表示影井先生原本就是你們店裡的客人囉？」

「是啊。他說他非常熱愛西洋畫，是個想法很新潮的年輕人哪。千惠女士大概也是因為這樣才迷上他的吧。我記得他們曾說過，兩人一開始是同一間咖啡店的常客，後來才互相認識交往的。」

一九六〇年代，以日本開放自由進口咖啡生豆為契機，市面上開始販售國產即溶咖啡，也讓咖啡漸漸成為家庭裡常見的飲料。罐裝咖啡則在一九七〇年代的大阪世博時開始流行。在咖啡總算慢慢成為一般市民熟悉飲品的六〇年代，影井就已經會自己去烘焙所買豆子來煮咖啡，當時的他大概真的是個很適合用「新潮」來形容的青年吧。

而且影井還在故鄉蓋了一棟日式風格的宅邸。他待在那個比起喝咖啡更適合喝綠茶的家中時，究竟會如何回憶自己的青春時代呢？

「在影井先生帶千惠女士過來之後，她自己也開始會來這裡光顧嗎？」

「他們在最初那一年，經常兩個人一起來這裡。但從某個時候開始，就只剩下千惠女士一個人了。我問她，平常跟妳來的那個男的怎麼了，她就說他們分手了。」

據說千惠笑著說這句話時，眼眶是泛紅的。

「那時候我們之間的關係還只是客人與店長，所以我也不知道可以問得多深入，但我還是忍不住問她『你們看起來感情很好，怎麼會分手呢』。結果千惠女士就說，他念完藝術大學要回家鄉了，所以兩人只好分手。我到現在還記得，她為了配合他的說話方式，硬是把自己的腔調改成標準語呢。」

我心想，那都已經是幾十年前的事了，真虧他還記得這麼多細節。這應該也表示那件事讓他印象很深刻吧。

幾年前根津曾因為犯下某個失誤而引起小騷動，從那時開始，我對他的印象就一直是個已經開始有健忘傾向的老爺爺。雖然無法確定他說的是不是事實，但至少可以知道，過去的事情他似乎記得很清楚。

「千惠女士其實並不是特地來跟我報告他們兩人分手的。因為她也喜歡上男友介紹給她的咖啡味道了，和那名青年分手後，她還是會來我們店裡買豆子。不過在幾年之後，她固定買的豆子價格變貴了。如果賣出去的量不夠多，我也就沒辦法再繼續進貨。我告訴千惠女士這件事後，她就說：『那我來開間店吧。』那時我還以為她是在開玩笑呢。但是千惠女士後來真的開了店，害我嚇到眼珠都快掉下來了呢。」

千惠是為了能夠繼續喝到自己喜歡的咖啡口味才開店的嗎？或許是這樣，但我覺得這不是唯一的理由。她是不是也不希望影井告訴她的那種令人懷念的滋味就此消失呢？

我心目中理想咖啡的味道也是千惠這段微苦戀情的滋味。我現在甚至可以在這個已經喝過無數次的味道裡，察覺到一抹悲傷——這麼說來，塔列蘭伯爵也曾說過，好咖啡就像戀愛般甘甜。

「所以，千惠女士和那名青年怎麼了嗎？」

聽到根津再次這麼問，我便向他解釋我們主要的目的。

「影井先生從藝術大學畢業後，就在他的故鄉濱松成了一名畫家。他在七年前的一月，也就是相隔四十年後與千惠女士重逢，和她一起創作了由三幅畫組成的遺作。但是其中一幅畫目前下落不明，所以我們正在找它。」

「原來那傢伙真的變成畫家了啊……」

千惠似乎從未對根津提起這件事。但我很難想像她這麼多年來會對影井的創作活動一無所知。或許她只是不太想談論和過往情人有關的話題吧。

「我們認為擔任遺作模特兒的千惠女士很有可能收下了影井先生送的畫。請問千惠女士是否曾對您提過類似的事情呢？」

很可惜，根津搖了搖頭。

「七年前，千惠女士在分手之後偶爾還是會來我店裡。但她從來沒有跟我提過這件事。」

「這樣啊……因為您知道她與影井先生的關係，我們原本以為她說不定會把這件事告訴您。」

「沒聽過的事情就是沒聽過啦。我才不會因為上了年紀就忘記。如果這件事和那個帶千惠女士來我們店的青年有關，只要我聽過一遍就肯定不會忘記。千惠女士真的什麼也沒說過。」

根津如此斷言時，眼神看起來也有些寂寞。

我和小原商量了一下，彼此都覺得再繼續追問下去應該沒什麼意義。所以我們買了咖啡豆表示謝意後，便離開根津烘焙所。我們走出店內時是晚上七點多，已經稍微超過他們打烊時間了。

根津說不定認識影井，這個推測是正確的。而且我們還出乎意料地得知藏在咖啡味道裡的軼聞。我不認為這次是白跑一趟。不過，我們並沒有打聽到任何與再次見面的那兩人以及中間那幅畫有關的消息。

「其實，若是以常理來思考，就算根津先生認識影井先生，太太也不可能把那七天裡發生的祕密輕易告訴他吧。」

根津是和塔列蘭有生意往來的商人，當然也認識藻川先生。就算消息洩漏的可能性只有百分之一，頭腦聰明的太太肯定也會守口如瓶。

我抬頭看向早就掛滿星星的夜空，嘆了一口氣。

「我想我們已經把能做的事情都做過了。正中間的那幅畫，我們大概是找不到的。」

「我還不想放棄。我一定要找到那幅畫，確定奶奶和影井先生的關係。」

「可是小原妳連那組遺作都還沒有實際去看過吧？」

「我看過了喔。在平山美術館。」

我突然覺得有點奇怪。如果真是這樣，她的話就有矛盾之處了。

「美術館裡並沒有擺放影井先生的照片喔。妳和影井先生的家住得很近，所以才有人告訴妳他是畫家。我應該沒說錯吧？」

小原的視線在空中游移了一會兒：

「……或許是這樣吧。不過，我也有去過美術館喔。」

「妳在這短短半年內去過了？美術館是影井先生去年夏天過世之後，才展出那組遺作的吧。妳為什麼會去那裡呢？」

「我和男友約會時……這根本不重要吧。因為我去過平山美術館，所以才誤以為我在那裡看過照片。這聽起來很正常吧？」

的確是這樣沒錯。但我還是覺得不太對勁。

我一邊低頭看向身高比我還矮的小原的臉，一邊對她說：

「小原，妳該不會有什麼事情瞞著我們吧？」

「討厭啦，青山先生。你怎麼突然說這種話啊？」

小原雖然笑了，但總覺得她的臉頰看起來有點僵硬。

「因為這實在是太奇怪了。一下子是早就跑去美術館看過遺作，一下子是到現在都還沒有去探望爺爺。簡直像是打從一開始就有其他目的一樣。」

「你想太多了啦。那你覺得我的目的是什麼？」

我一下子就從嘴裡吐出答案。

「是為了一千萬日圓吧？妳會對那幅正中間的畫如此執著的理由，只有這個了。」

平山美術館已經明確公開江角蘭願意為正中間那幅遺失的畫支付一千萬日圓。既然小原居住在濱松市內，就算她早已知道這件事也沒什麼好奇怪的。所以她是為了那一千萬日圓造訪平山美術館，再以爺爺生病當藉口來到京都，目的正是尋找千惠的遺物之類的東西。

不過，這樣的話，還有另一個問題。小原早就知道自己的奶奶和影井之間有關係了嗎？若非如此，她應該不會想到可以來京都調查奶奶遺物吧？難道小原並不只是單純住在影井家附近，甚至曾和影井私下來往過嗎？

當這些疑惑在我腦中打轉時，小原並未理會我，反而像頓時失去力氣似地，從鼻子呼出一口氣。

「我原本以為觀察敏銳的人只有美星姊姊，所以忘記提防青山先生了。」

「所以妳的目的果然是一千萬日圓嗎？」

「如果我說是的話，你會怎麼做？」

聽到她的反問後，我不知該如何回答。所以謹慎地挑選用詞，對她說：

「若妳真有什麼非得拿到一千萬日圓不可，甚至不惜花錢在京都逗留的理由，在妳告訴我實話之前，我沒辦法繼續協助妳。因為不知道妳想拿這麼一大筆錢做什麼，我會擔心自己是不是正在協助別人做什麼天大的壞事。」

小原不發一語地注視著我。

「拜託妳，把所有事情都老實告訴我吧。我現在能說的只有這句話。」

我們互相盯著對方超過一分鐘。最後小原失去耐心似地開口了：

「……讓我思考一晚吧。我今天已經累了，腦袋沒辦法想事情。」

「妳說要讓妳思考，是要思考什麼能說、什麼不能說嗎？」

小原點了點頭。

「我知道了。那今天就先解散吧。妳明天再聯絡我。」

「我要怎麼走才能回京都站？」

「妳繼續沿著北大路往西直走，就會抵達市營地下鐵烏丸線的北大路站。從那裡可以直接搭回京都站。」

我問小原是否需要送她回去，但她拒絕了。

「沒關係啦，現在時間還沒有很晚。謝謝你今天陪我到處跑。」

她直接背對著我邁步離去，在我目送她時，一次也沒有回頭。

4

今天實在發生太多事情了。

很難相信從今天早上起床到現在只過了十二個小時。發現美星小姐消失、穿越天橋立、返回京都市區、前往醫院、檢查塔列蘭店內、前往根津烘焙所，還追問小原隱瞞了什麼祕密。我疲憊不堪地用比平常還要朦朧的意識想：今晚肯定可以睡得很好吧。

我一直很在意美星小姐的去向。不過分開行動的時間只有一天，所以暫時不太擔憂，抱著隨她去的心情。而且也不會反過來向她報告，我與小原今天經歷了什麼事。

其實我也有點擔心小原會如何回應。如果她決定什麼都不告訴我，那我們也只能分道揚鑣。但是，這麼做真的好嗎？就算我沒有出手協助，萬一她真的找到畫，並拿到一千萬日圓，把它用在會出問題的事情上的話，我還是會後悔吧，畢竟原本可以阻止她的。雖然心裡這麼想，我現在其實暫時還不想思考任何事，打算明天先看看她的態度再判斷。我真的已經累壞了。

我簡單吃完晚飯、洗好澡並按摩雙腳，大約晚上十一點就鑽進床鋪。這時，根本不知道今天還有沒發生的事情在等著我。

一關掉房間的照明，睡意就馬上撲了上來。當我正在跟睡意的巨浪拔河，可能下一秒就會被捲入夢鄉時——

電話響了。

意識被一股強大的力量拉回現實，彷彿有人抓住我的後頸。平常根本沒有人會這麼晚打電話給我。我看了看接著充電器的手機螢幕，睡意頓時消失無蹤。

是美星小姐打來的電話。

不知道為什麼，我有點猶豫是否該接這通電話，所以先用枕邊的遙控器打開房間的燈。然後才接起電話。

「美星小姐？」

她的聲音聽起來比我想像的還要開朗許多。

「青山先生，我今天突然消失不見，真的很抱歉。」

她的身體似乎正以固定的節奏搖晃著。也聽得見汽車行駛的聲音，可能正走在某條路上。

「我很慶幸昨晚有和妳聊過。因為我覺得，自己隱約可以明白妳突然消失的心情。」

我感覺到電話另一頭傳來輕笑聲。

「如果沒有昨晚那段時間，我說不定現在還在迷惘。因為和青山先生聊過，才能下定決心。」

「如果是這樣的話，妳至少也該事先告訴我吧。」

「因為我覺得，如果你說要一起去，我應該無法拒絕你。」

「可是小原她並沒有因此放棄喔。她說一定要找到正中間的那幅畫……在她的哀求下，我只好協助進行調查，後來也稍微獲得了一點進展。」

只告訴她這些事情，應該沒什麼問題吧。我決定目前還是先別提及小原隱瞞的祕密。

「這樣啊。不過，我本來就不覺得她會這麼簡單就表示理解，甚至是放棄。」

她的語氣裡並沒有責備之意，比起昨晚的態度從容許多。

「美星小姐妳今天做了什麼事呢？妳現在在哪裡？」

「我現在人在京都市內喔，而且就快走到自己家了。」

她的所在位置比想像中還近，讓我鬆了一口氣。不對，既然她都可以先繞去安頓查爾斯，這或許也沒什麼好驚訝的。不過，我之前讀完美星小姐留下的那封信時，卻總感覺她好像前往非常遙遠的地方。

「妳回來得很晚呢。」

「所以我明知道現在已經夜深了，還是懷著歉意打了電話給青山先生你。因為我覺得這樣可以牽制路上的可疑人士或保護自己……當然了，這麼做其實也是希望能盡快針對我突然消失的事情向你道歉，並讓你放心。」

她的口氣裡並沒有多餘的客氣，反而讓我覺得很高興。不管要怎麼利用我都沒問題，畢竟她的人身安全才是更重要的。

不過，話又說回來——

「妳說的『想讓我放心』是指什麼？好像不只是單純想讓我知道妳很安全。」

「你觀察很敏銳呢。今天早上離開旅館時，原本是打算，查到我想知道的事情之前，都不和你們聯絡的。否則我特地留下那種信就沒有意義了。」

所以在掌握真相並決定是否公開或隱瞞之前，她原本打算一直和我們斷絕聯繫。既然如此……

「難道說，妳在今天一整天的調查中明白了什麼事嗎？」

如果順著話題繼續聊，自然會演變成這樣。美星小姐的回答並沒有讓我失望。

「是的，我已經知道正中間那幅遺失的畫到底是……」

但是，當她說到這裡的時候——

美星小姐的聲音突然消失，手機裡傳來巨大的撞擊聲。我嚇了一跳，開口問道：

「美星小姐？」

但她沒有反應。情況不太對勁。我再次對著手機大叫起來。

「美星小姐，妳怎麼了！美星小姐！」

我聽見腳步聲。那是有人用力踩著柏油路逐漸跑走的聲音。那聲音愈變愈小，最後電話另一頭完全安靜了下來。

我的腦袋一片混亂，完全想不透美星小姐究竟發生了什麼事。我在心中一直告訴自己，其實她根本沒事。但是，接下來聽到的一道微弱聲音粉碎了我的希望。

「青山先生——救救我。」

我穿著運動服從家裡飛奔而出，騎著腳踏車衝向美星小姐家附近。

手機還是保持通話狀態。我猶豫了一下，掛斷電話並報警，告訴他們，我跟走路回家的女性朋友講電話時，對話突然中斷，並聽到有人說「救救我」的聲音。警察表示會幫我找找看。不過，我根本沒辦法把事情交給他們，自己安靜地在家等待。

我住在北白川，前往美星小姐家的路幾乎都是下坡，所以我用盡全力踩著腳踏車，大概十分鐘就到了。我在美星小姐家附近繞了一圈，但是並沒有發現她的蹤影，心中的焦慮感愈來愈強烈。

我又騎著腳踏車找了一陣子，在轉角對面發現紅色的亮光，便急急忙忙地趕向該處。有個年輕的男警察從巡邏車的車窗伸出無線電，正在和人談論事情。

「那個，剛才是不是有名女性昏倒在這裡呢？」

我保持坐在腳踏車上的姿勢，氣喘吁吁地詢問。警察為了慎重起見，反問我：

「你是什麼人？」

「我是剛才報警的人。因為突然聽不見正在和我講電話的人的聲音，然後還聽到她說救救我……」

我實在沒有多餘心力用正確的詞彙表達，語無倫次地拚命解釋。幸好這名警察聽懂了我的意思。

「我有收到這項報告。和你交談的女性朋友叫什麼名字？」

「她叫切間美星。身高大概一百五十二公分左右，留著黑色的鮑伯頭。」

警察又用無線電和其他人交談了幾句後，告訴我：

「警察收到你的報案並開始搜索時，正好也有路人打電話向一一九報案，說有名女性倒在這裡。她已經被救護車送走了。」

已經有人發現美星小姐了，但我還是無法放心。

「請問她沒事嗎？」

「也不完全如此。她的後腦有被毆打的痕跡，雖然還有呼吸，但似乎失去了意識。因為她身上沒有隨身行李，應該是遇到強盜了。」

我被迫正視這可怕的現實，感到眼前發黑——美星小姐竟然在深夜路上被強盜攻擊了。我明明正在和她講電話，卻沒有好好保護她。這讓我頓時相當懊悔，繼續追問警察：

「請問她被送到哪間醫院了？」

警察把醫院的名字告訴我。那間醫院正巧就是藻川先生目前住的大學醫院。

「謝謝你。」

當我正把腳重新放回踏板上時，警察叫住我。

「我想拜託你協助我們逮捕犯人。可以請你回答我幾個問題嗎？」

「我現在很擔心她。能請你之後再問嗎？」

警察又對著無線電講了一些話，然後轉身對我說道：

「我知道了。那請你至少先告訴我名字和聯絡方式吧。」

我報上名字和自己的電話號碼。警察把這些資訊記到記事本裡。

「那就麻煩你們繼續搜索犯人了。」

我留下這句話後，便使出全力快速踩起了腳踏車的踏板。

只花了不到五分鐘便抵達大學醫院。我找到夜間掛號窗口，將腳踏車隨便停放在原地，直接跑了進去。

「我是剛才被救護車送來的女性所認識的人。」

我氣喘如牛地這麼說，櫃台的女士問我要找哪位病患。我因此又說了一次美星小姐的名字。那名女士開始用電話和其他人聯絡，不久之後，一名護理師從醫院後方走出來，是一名體態微胖的中年女性。

「你是切間小姐的親戚嗎？」

我搖搖頭，護理師露出了有些為難的表情。我補充說道：

「我只是她的熟人，但她的親戚正在這裡住院。有個叫藻川又次的人，是切間美星的舅公。」

「原來是這樣啊……因為需要辦幾項手續，如果有親戚在場會比較順利。」

當然了，我並沒有那種權限，只好懷著焦躁的心情繼續追問：

「先別說這個了，請問美星小姐目前狀況還好嗎？」

「她已經恢復意識了。正在檢查腦部有沒有出現異常。在檢查報告出來之前，我沒辦法明確回答你。」

「那我會在這裡等到她做完檢查。」

「她今晚檢查完還要繼續治療傷口，你們應該沒有辦法見面，這樣也無所謂嗎？」

「沒關係。如果不能確定她是否平安，我實在無法回去。」

「好吧，請你跟我往這邊走。」

我在護理師的帶領下穿越幾乎全部熄燈的昏暗走廊，然後聽從她的指示在光線同樣昏暗的候診室坐下，就這樣焦慮不安地等了超過四十分鐘。

後來剛才的護理師回來了。我馬上站起來，她對我說道：

「檢查結果是，腦部並沒有發現異常。」

「所以她應該沒有生命危險對吧？」

「應該是可以這麼說。雖然要到明天下午兩點才開放探病，如果接下來沒有出現其他症狀，到那時大概也已經可以出院了。」

「我知道了。那我今天會先回去。麻煩你們照顧她了。」

我深深低下頭向護理師致謝，她也對我鞠了個躬。

我走到醫院外面，吐了一口氣。無數星星正在夜空中不停閃爍。這景色真美。直到剛才都沒有多餘的心力抬頭仰望天空，如今美星小姐暫時平安無事的消息逐漸滲透到我體內，等我回過神，才發現自己眼裡竟含著淚水。

就在這時，放在口袋裡的手機像是算準時間似地振動了起來。雖然在這麼晚的時間收到陌生號碼的來電讓我滿腹懷疑，接起電話後才知道，這是警察打來的。對方詢問我人在哪裡，我告訴他，我還在大學醫院內。

後來有一名警察到醫院來找我問話，但因為事發當時只是在和美星小姐講電話，他也沒問太多事情，不過等到他願意放我走時，也已經超過凌晨一點了。實在發生太多事情，我騎著腳踏車回家時，身體已經站不太穩了。沒有力氣騎腳踏車爬上今出川通的上坡路，所以我是牽著車用走的。回到自己家並鑽進床鋪後，我勉強寫了一封內容為「幸好妳沒事。等事情都處理完後，請跟我聯絡」的簡訊傳給美星小姐，接著就像被拖進深海底部似地沉沉睡著了。

第四章

一切都真相大白

1

我醒來之後，發現美星小姐一大早就傳了簡訊來：

「對不起，讓你擔心了。我大概中午就能出院。你願意來接我嗎？」

她很少主動提出這種不客氣的要求。所以我急忙回覆她：

「當然沒問題。還有，妳並不需要向我道歉。」

時鐘上的時間是早上十點。雖然睡過頭了，但昨天一天經歷那麼多事，這也在所難免。我腹部使力，從床上爬了起來。

四月五日。再過兩天就是藻川先生動手術的日子，現在的情況可說是刻不容緩，再加上美星小姐被其他事件纏上，也沒辦法繼續調查。

——是的，我已經知道遺失的那幅正中間的畫到底是……

昨晚美星小姐被攻擊前說的話在耳朵深處迴盪。雖然我在後來的混亂情況中，完全忘記這件事，但她似乎已經找到畫的所在地。她已經完成調查了嗎？雖然很好奇，不過美星小姐的身體是最重要的。

我拉開房間的窗簾，今天外面的天氣也讓人感到神清氣爽。我發呆了好一陣子，聽見手機傳來來電通知。

「青山先生，早安！」

我一接起電話，充滿朝氣的聲音就衝進耳裡。是小原。

「早安。妳精神很好呢。明明我們昨天是在那種情況下道別的。」

「在那之後我也想了很多，然後就看開了。我不會再隱瞞，打算把事情全部告訴你。不過，因為解釋起來很花時間，我們今天就先隨便找間咖啡店——」

「等一下、等一下。」

我打斷了小原的話。

「我很高興妳現在願意這麼想。不過，雖然對妳很不好意思，但可能得之後再聊這件事。因為發生大事了。」

「怎麼了？」

我把昨晚的事情經過告訴小原。她好像沒有收到任何通知，所以在電話另一頭又驚訝又哀傷，又馬上鬆一口氣，感覺忙得團團轉。

「沒想到竟然發生那種事……」

「總而言之，我現在要先去醫院接美星小姐了。」

「我也想見美星姊姊。」

「說得也是。不過我們兩個一起趕去醫院，可能會造成她的困擾，所以能請妳現在先等我一下嗎？我一定會再聯絡妳的。」

她答應後，電話就掛斷了。

我做好出門準備，搭公車前往醫院。因為我想到，如果要陪美星小姐離開，騎腳踏車應該不太適合。

我在掛號窗口告知前來醫院的目的後，對方要求我在昨天那間候診室等待。大概十分鐘後，頭上還套著網狀繃帶的美星小姐出現了。

「美星小姐！」

明明知道這裡不適合這麼做，我還是忍不住跑向她。美星小姐帶著有些害羞的笑容說道：

「好久不見了，青山先生。」

我差點以為自己會衝上去抱住她。因為不能在醫院裡吵鬧，所以我們暫時走到建築物外。我迫不及待地詢問她：

「妳已經沒事了嗎？」

美星小姐一邊摸著網狀繃帶一邊說：

「這個只是看起來很誇張而已啦。因為頭皮有割傷，所以才不得不套著這個……但我真的已經完全沒事了。檢查結果也沒有問題。」

「但妳不是被攻擊後失去意識了嗎？」

「是的。不過我頭上的傷並沒有很嚴重，骨頭也沒事。我絕對不是在忍耐，也沒有任何疼痛或不適感。」

既然當事人都這麼說了，我也只能相信她。總而言之，她看起來很有精神，真是太好了。

「我原本還在擔心會不會又發生什麼意外呢。」

「你當時為了找我，一直騎著腳踏車到處跑對吧？這是警察告訴我的。」

「幸好當時有路人發現妳，還幫忙通報送醫。我其實根本沒幫上什麼忙。」

「這只是結果論而已吧。我很感謝青山先生你喔。」

這真是一句令人渾身發癢的話。那天明明是為了保護她才講電話的，結果卻沒有保護好她，這讓我覺得更不自在。

「妳之後在晚上外出時一定要多加小心喔。」

「我也沒想到自己竟然會碰上這種事……連手提包和錢包等重要物品都不見了。也不知道能不能找回來。」

原來如此。所以這也是她要我來接送的原因之一。大概只有手機因為當時正拿在手上講電話，所以才沒有被搶走吧。

「如果能快點捉到犯人就好了。」

我由衷地說出自己的心願，美星小姐卻告訴我一件令人意外的事情。

「關於這件事，犯人好像已經捉到了喔。」

「咦？真的嗎？」

日本的警察真是太優秀了，我忍不住這麼想。

「今天早上在病房接受警方的詢問，我也是在那個時候才知道，昨晚深夜在我被攻擊的地點附近，還發生了一起強盜或搶劫之類的犯罪事件。目擊到犯行的警察追上犯人後，就以現行犯為由將那個人逮捕了。」

「哇，所以這犯人是連續犯罪呢。他大概沒想到因為自己犯罪的關係，警察正好在路上巡邏吧。真是愚蠢。」

「聽說最近京都市內發生了多起類似的犯罪行為，很多是以深夜在外面走動的女性為目標的搶劫事件，只是我之前並不知道。警察也很高興這次終於可以逮到犯人。」

經她這麼一說，我才想到自己好像曾看過類似的報導。不過，老實說，要意識到自己也可能會變成受害者是很困難的。就算我曾提醒美星小姐要小心，也不代表她能夠躲過這次的犯罪事件。

「聽說目前犯人仍不斷否認自己曾犯下其他罪行，也表示沒有拿走我的隨身物品。」

「他肯定是只把錢包裡的現金拿走，剩下的東西就全部丟掉了。因為那些東西會妨礙他下次犯罪。」

「警察似乎也這麼認為。所以他們詢問我時，主要是希望我把自己還記得的犯人特徵告訴他們。但我突然從後方遭受攻擊，又當場失去意識，根本沒看到犯人的模樣……因為連是男是女都不知道，我提供的證詞應該沒有任何用處吧。」

畢竟美星小姐是受害者，這也是沒辦法的事。而且既然犯人已經被逮捕，就算沒有美星小姐的證詞，警方也會揭發他的罪行吧。如果犯人被逮捕的地點距離美星小姐不遠，她的隨身物品應該很快就能找到才對。

雖然發生過的事情無法挽回，但事件已經告一段落。我終於感覺到肩膀的肌肉能夠完全放鬆，也到這時才發現自己其實從昨晚到現在都一直繃緊著神經。

「所以藻川先生已經知道這件事了嗎？」

「我請醫院盡量不要讓他知道這件事。因為我想避免這件事在手術前對他的心臟造成負擔。」

我昨晚或許是太大意了，才會把她是藻川先生親戚的事情告訴護理師。不過，當時已經是深夜了，護理師應該沒有馬上把這件事告訴藻川先生吧。現在也只能相信醫院已優先按照美星小姐的要求來處理了。

「不好意思，還讓妳一直站著和我說話。我們先在附近找個咖啡店之類的地方坐下吧。」

美星小姐接受了我的提議。

「我想確認自己是不是能夠正常走路，可以去稍微遠一點的店嗎？其實我是比較想去塔列蘭的，但我的鑰匙也被搶走了……」

「啊，我這裡也有鑰匙喔。」

我把皮革製的鑰匙包從包包裡拿出來，給一臉驚訝的美星小姐看。

「我提議要幫忙照顧查爾斯，跟藻川先生借來的。」

「真是太巧了。那我們就走到塔列蘭吧。」

「好的。不過，如果覺得身體無法負荷的話，請務必告訴我，千萬別忍耐喔。」

美星小姐摀著頭對我點點頭。

「還有，小原也很擔心妳。我可以找她來塔列蘭嗎？」

「沒問題。我也有話要跟她說。」

總覺得這句話聽起來好像和我們先前的對話內容不太搭調。雖然我有點在意，但畢竟只要小原來了就會知道原因，所以並未多問。

我從口袋裡拿出手機打電話給小原。小原一聽到我要求她現在就前往塔列蘭，便回答會立刻過去。

我們在路途中談論的話題主要是搶劫事件的後續處理。聽說美星小姐已經趁著在醫院時，先把信用卡等物品的停用手續辦好了。問題在於鑰匙。那個被搶走的包包裡，有美星小姐住家的鑰匙，備份鑰匙似乎是放在藻川先生家中。但是藻川先生家的鑰匙也放在那個包包裡，所以現在也無法去拿備份鑰匙。雖然我認為先找鎖匠或公寓的管理公司來處理可能會比較好，但美星小姐卻想先抵達距離藻川家較近的塔列蘭後再來處理。

因為美星小姐身上連現金都沒有，我先把浮橋亭的住宿費還給了她。那是間品質很好的旅館，住一晚加兩餐的費用高達兩萬五千日圓。美星小姐收下這筆錢後，應該暫時不需要擔心沒錢用了吧。等待會我們見到小原，也會再收到她歸還的那筆住宿費。

抵達塔列蘭後，我用鑰匙開了門。查爾斯馬上黏到美星小姐的腳邊歡迎她回來。我則率先採取行動，替牠加了飼料和水。

「話說回來，美星小姐妳昨天也有來過這裡對吧？我雖然也來到這裡，打算照顧查爾斯，卻發現沒有這個必要了。」

「我從天橋立回來時曾先繞過來這裡一趟。因為有好一段時間無法回來，所以真的對查爾斯感到非常抱歉。」

查爾斯在這時「喵」地叫了一聲。大概是在說不用擔心牠吧。

我們在餐桌的位置聊了大約二十分鐘，等待小原抵達。明明有很多事情要討論，但不知道為什麼，在這時盡是選擇不太重要的話題來聊。我想，這大概是一種讓我們的關係恢復原狀的調整行為吧。為了讓我確定彷彿曾去了遠方的美星小姐現在就在這裡。

店門伴隨著清亮的鈴聲打開，小原出現了。她的肩膀正上下起伏著，看起來很喘。雖然不知道是搭電車還是公車，總之應該是急急忙忙趕來的。

「美星姊姊，妳沒事吧？」

美星小姐微笑著回答了她的第一個問題。

「嗯。謝謝妳的關心。」

「太好了……沒想到妳竟然在這種時候遇到搶劫。」

小原也在餐桌前坐下。我們所坐的位置正好跟之前在浮橋亭吃飯時一樣，我和美星小姐面對面，小原則坐在我旁邊。

「所以犯人已經被逮到了嗎？」

「他在別起案件裡以現行犯為由被逮捕了喔。現在正在追查還有沒有其他罪行。」

「這樣啊。真是太好了。」

出門在外時不用擔心或許又會被攻擊，的確是件好事。

「美星姊姊是在昨晚回家路上被攻擊的對吧。妳昨天究竟是跑去哪裡了？」

小原馬上就進入了正題。

「如果要回答這個問題的話，可能得從我昨天的行動是基於什麼想法開始說起。」

「美星小姐，妳找到正中間的那幅畫了嗎？我記得妳被攻擊前，在電話裡曾這麼說過對吧？」

「咦？是這樣嗎？」

小原往前探出身子問道。那句話等於在宣告她失去了獲得一千萬日圓的權利，她大概沒辦法保持冷靜吧。不過，美星小姐的反應卻顯得有些五味雜陳。

「要說我找到畫了，其實也不太對……總而言之，請讓我按照順序說下去吧。」

我和小原也擺出準備聽她解釋的姿態。

「認真說起來，我為什麼要一直尋找遺作中那幅正中間的畫呢？」

她的目的並不是為了獲得一千萬日圓。

「是為了確認太太與影井先生在一起度過的那一週裡是否彼此相愛。」

「沒錯。也就是正中間的畫到底畫了什麼——如果能知道那兩人在畫中是否握著天沼矛或畫了其他東西，就能當作想像兩人關係的證據。所以我才會想要找出那幅畫。」

雖然就結果來說，我昨天算是一直被小原牽著走，但也和美星小姐抱持著同樣的想法，所以才會在和她分開後仍繼續調查，甚至跑去烘焙所找根津問話。

「因為由三幅畫組成的系列作中，其中一幅和另外兩幅並非放在同樣的地方，所以不用說也知道，影井先生是刻意把正中間的畫送去某處的。那麼，那個地方究竟是哪裡呢？最有可能，大概就是由太太收下吧。我們甚至可以反過來推測，他是為此才把遺作分成三幅畫的。」

所以他是為了把其中的一部分交給擔任模特兒的太太，才會把作品設定成系列作。

「如果太太收下那幅畫，她不可能會把畫存放在可以輕易找到的地方。因為無論那上面畫了什麼，都有可能導致太太與影井先生的關係曝光，而那是她想要隱瞞的。我認為要找到那幅畫應該是件非常困難的事情。」

話雖如此，我們也無法斷言太太一定收下了那幅畫。

「也有可能太太已經把畫轉讓給別人，或是影井先生自己把正中間的畫單獨保存在其他地方。但若是這樣，要找出那幅畫就更是有如水中撈月了。既然蘭女士都已經公開表示要花大錢把畫買回來，那幅畫的所有人或發現者也許總有一天會出現。但就目前的情況來說，應該沒有什麼我能幫上忙的地方吧。」

實際上，我們的確沒有找到任何線索。相反地，我甚至還在陪小原調查的過程中，用「萬一」這兩個字來形容找到畫的情況。

「總而言之，在浮橋亭過夜後，隔天早上我別無他法，只能承認尋找畫這個想法已經觸礁。當時的情況逼得我必須從頭審視整件事。」

除了找到正中間的畫之外，還有其他方法可以得知太太與影井的關係嗎？關於這一點，美星小姐已經獲得答案。

「想達成我的目的，其實並不需要實際找出那幅畫。無論是照片或透過知情者轉述，只要能知道正中間的畫到底畫了什麼內容就行了。」

美星小姐在浮橋亭時曾如此詢問老闆娘三浦。

——老闆娘您曾看過影井城所畫的畫嗎？

如果當時能從老闆娘的口中問出畫的內容，美星小姐的調查就到此結束了。

「很可惜，確定看過遺作的人已經不在世上，也找不到其他知道畫中內容的人。此外，我也沒有發現拍下遺作的照片。」

原來是這樣啊，我心想。因為小原一直很堅持要找出那幅畫本身，所以我沒想到可能有照片。影井拍了那麼多照片，的確會讓人認為，他或許也把遺作拍下來。但是，美星小姐在影井的宅邸借來的插入式相簿裡，連一張遺作的照片都沒有看到。

「不過，如果我在此時放棄，就又繞回一開始那個只能找到畫作的辦法了。所以我又再次思考：這世上真的沒有遺作的照片嗎？」

「雖然妳懷疑是否真的沒有照片，但現在我們也的確沒找到不是嗎？去討論不存在的東西有存在的可能，這根本沒意義吧。就算真的有那種東西，如果早就被丟掉了，那也跟不存在沒兩樣。」

我在小原的話裡感覺到幾分焦躁。對她來說，不找到真正的畫是沒有意義的，所以她大概對美星小姐的思考方向偏離這件事感到焦急不耐吧。

美星小姐則對小原這種態度報以慈愛的微笑。

「像妳這麼年輕的人會這樣想也是無可奈何的吧。不過呢，影井先生所使用的相機並不是妳熟悉的數位相機，而是底片相機。而且底片相機所拍的照片，並不是被丟掉就跟不存在沒兩樣。」

「這句話是什麼意思啊？如果是手機拍的照片，或許還有可能在其他地方留下檔案，但若是相機的話，不是只要洗出來的照片沒了，就再也找不到了嗎？」

小原從未使用過底片相機，所以完全聽不懂。相較之下，因為我連照相館的插入式相簿都還有印象，對底片相機記憶較深，所以明白美星小姐想表達什麼。

「妳說的是底片對吧。」

美星小姐對我的回答滿意地點點頭。

「我自己其實已經很久沒有接觸用底片相機拍攝的照片了，所以花了很多時間才想到這件事。如果影井先生那棟房子裡不是只有照片，連底片也還留著的話，我認為那上面或許會有拍下了遺作的照片。」

經她這麼一說，我才發現當初沒有注意到這點實在很奇怪，便恍然大悟地拍了拍大腿，但腦中也同時浮現疑問。

「如果那棟房子裡還留有底片的話，蘭女士他們或許已經檢查過了吧？」

「你忘記了嗎？蘭女士之前可是連我借走的插入式相簿的重要性都沒有察覺到喔。」

——我為了找出正中間那幅畫，已經翻遍了這房間的每個角落，但還沒有把照片的內容全都確認一遍。因為我哥哥過世後也才過了半年多，我暫時還沒有空去檢查那些東西。

蘭之前曾這麼說過。如果她連照片都沒檢查過，大概就更不可能會想到可以去看底片了吧。

「我可以理解美星小姐認為必須檢查底片的想法。但是，如果要這麼做的話，必須特地跑一趟位於濱松的影井家才行，這樣應該很花時間、金錢和勞力吧。妳心中的勝算有大到值得這麼做嗎？」

「你說的勝算是指什麼呢？」

「只要不在相簿裡就不存在，一般來說都會這樣想。妳已經掌握證據，足以讓妳相信遺作的照片確實存在，或是有什麼跡象讓妳如此期待嗎？」

「的確有。」美星小姐坦然地如此回答：「借來的插入式相簿裡，不是正好空了一格嗎？

我認為就算那裡原本放有遺作的照片也沒什麼好奇怪的。」

「那裡原本收納的不是小原發現的合照嗎？」

「並不是喔。如果是那張照片的話，日期就對不起來了吧。」

這麼說來的確是如此。那本插入式相簿的照片是按照日期順序排列的，空格都是在最後幾頁。但是那張合照的攝影日期是一月二十二日，是太太離家出走的第二天。若推測那張合照原本放在那個空格中，確實是不太合理。

「你還記得影井宅邸的桌上有個相框嗎？」

我記得。那裡面什麼也沒有。

「他和太太的合照其實原本是放在那個相框裡面。我檢查相框時，發現殘留在表面的膠帶，位置和照片背面四個角落的痕跡是吻合的。」

我並沒有注意到那個相框上還殘留了膠帶。仔細想想，如果照片是放在插入式相簿裡，背面根本不可能還留有雙面膠的痕跡。所以，影井後來把原本擺在那裡的照片寄給千惠了嗎？

「所以我不是說了嗎？相簿裡的空格或許是別張照片。」

小原插嘴說道。雖然就結果來說，她的話的確是對的，但我懷疑那只是她在牽強附會下提出的論點剛好猜中了而已。

「如果是放在相框裡的照片，蘭女士既然身為妹妹，應該曾經看過吧？」

「蘭女士已經跟我們說了喔，她之前從來沒有進去過那間房間。」

——直到我哥哥在即將去世前住進醫院為止，他都不肯讓我踏進這個房間一步。

的確如此。他住進醫院裡的時候，那張照片大概早就已經送出去了吧。

「當然了，這並不代表我有十足的把握。不過，既然沒有其他線索，我認為還是值得調查那些底片。就算最後證實是判斷錯誤，只要再想下一個方法就行了。」

我接受了這個說法，要求她繼續往下說。

「如果底片還存在，我能夠想到的存放位置就只有濱松的影井宅邸。所以我昨天先返回京都的家中一趟，就直接出發前往濱松了。」

我早就料想到她或許會這麼做。不過，從天橋立回來後，馬上就前往濱松的行動還是讓我難掩驚訝。

美星小姐的口氣裡也充滿了十分真實的疲憊。

「青山先生曾經去過那裡，我想你應該知道，搭乘新幹線後，還必須轉乘普通鐵路和天濱線，所以抵達的時候，太陽都已經要下山了。我前往影井宅邸時，房子裡只有蘭女士一個人。我向她說明情況，並拜託她讓我尋找底片，她也答應我了。」

後來美星小姐就開始在整棟房子裡到處尋找。結果竟不是在書房，反而是在另一間臥室的壁櫥角落發現一個藏在棉被後的箱子，並從裡面找到了大量底片。

「所以不僅是照片，影井先生連底片也保存下來了呢。」

「是的。我很慶幸他是會這麼做的人。」

因為拍攝照片好像跟他的工作有關，所以大概也需要妥善保留底片才行吧。

「我請蘭女士也來幫忙，仔細檢查了每一張底片。結果發現某張底片裡有許多我們看過的天橋立的照片。雖然光靠底片很難看清楚，但我還是定睛細看了裡面的每一張。」

我和小原都全身緊繃地等待她說出結論。

美星小姐笑了起來。

「我的確找到了。有一張照片拍下了我們住過的『雪花』之間，裡面的三幅遺作是並排在一起的。」

我差點就忍不住想站起來拍手鼓掌。不過，找到照片這件事本身並不代表達成目的。關鍵在於那上面究竟畫了什麼內容。

美星小姐態度十分從容，和神情緊張的我跟小原相反，而且她接下來說的話，甚至讓我們覺得自己撲了個空。

「很可惜，底片實在太小，我沒辦法辨識正中間的畫上到底畫了什麼。」

雖然聽了很令人焦躁，但我也認為結果本該如此。從底片來看，照片應該長寬都只有幾公分而已。

「所以我取得蘭女士的同意，向她借了底片，並離開影井的宅邸，搭電車回濱松站，然後拿底片請附近的照相館幫我加洗照片。雖然已經很久沒做這種事了，但加洗照片其實滿快的，大概等三十分鐘就完成了。」

「所以妳已經看到那幅遺作的照片了對吧？」

當我這麼確認時，美星小姐的表情頓時變得很嚴肅。

「是的。我看到了。」

既然如此，照常理來說，她應該也會把照片給我們看才對。但是，美星小姐碰上的事情卻讓她無法這麼做。

「在那之後，我就搭新幹線返回京都了。因為是從濱松回來的，抵達時已經很晚了。我從京都站搭乘地下鐵，在出站時打電話給青山先生，然後就在那條小巷裡被攻擊了。那名強盜搶走了我的手提包——裡面就放著底片和加洗的照片。」

照片現在已經不在美星小姐手上，所以我們也無法看到上面的內容。但是目前就暫時忍耐一下吧。美星小姐已經看過照片了，只要有她的證詞應該就足夠了吧。

「所以，那幅正中間的畫到底——」

我試圖逼近這件事的核心。然而——

「我說啊……」

小原卻打斷我，並說出令人難以想像的話。

「攻擊美星姊姊的人，真的只是普通的強盜嗎？」

美星小姐的臉上浮現出淡淡的苦笑：「妳這句話是什麼意思呢？」

「我的意思是，犯人想搶的或許不是錢包裡的東西，而是照片或底片。」

「他搶這種東西又能怎麼樣呢？」

「蘭女士不是說，她願意為這幅畫支付一千萬日圓嗎？那是一筆可以讓人笑著無視渺小竊盜罪的鉅款耶。犯人會想獲得相關線索是很正常的。那名犯人的目的其實是要把那幅正中間的畫搶走吧。」

我明白小原為什麼會提出這項主張。對她來說，畫上的內容並不是最重要的。她想尋找的只有那幅畫本身，而且無法接受有人搶先拿到那幅畫。

「但是那張照片或底片也無法透露那幅畫的位置喔。」

「還沒有看過照片的犯人哪會知道這種事啊。他有可能認定美星姊姊掌握了線索，所以才會攻擊妳的。」

「但犯人是怎麼知道我拿到遺作照片的呢？」

「他說不定曾在哪裡看到美星姊姊正在到處打探消息，所以就一直在監視妳之類的。」

「攻擊我的犯人已經被逮捕了喔，在別起搶劫事件中。」

「他不是一直否認自己有其他罪行嗎？而且姊姊的包包也還沒有找到。真正的犯人應該另有其人吧。」

美星小姐臉上的笑容在不知不覺問消失了。

「我們先假設犯人後來根據從我那裡搶走的照片找到正中間的畫好了。在這種情況下，因為照片已經被搶走了，如果後來有人拿著畫出現在蘭女士面前，我們就會立刻知道那個人是攻擊我的犯人。也就是說，即便那個犯人真的找到畫，他也無法拿著畫去換錢。」

「說得也是，這我可以理解。」

如果一千萬日圓是那幅畫在市面上的交易價值，情況大概會有所不同吧。犯人或許可以利用俗稱的非法管道來把畫換成錢。但是，願意出一千萬日圓買下影井遺作的只有蘭女士一個人。如果不把畫拿去給她，犯人就無法拿到錢。所以就算利用搶來的線索找到了畫，犯人在變賣畫時，無論如何都會導致罪行曝光。

「犯人應該早就設想到會有這種情況才對，卻還用這麼強硬的方法從我這裡搶走照片，這不是很奇怪嗎？就算他誤以為我掌握了線索，內心感到很焦躁，這麼做還是很不合理。」

「嗯……說得也是呢……」

小原的態度既像是被說服了，又像是不想認同這個解釋。美星小姐看起來似乎對自己推論出的結論鬆了一口氣。

「其實那張照片或底片根本不是什麼線索，所以不管怎麼說，就算我們繼續等下去，犯人也不可能出現在蘭女士面前。我還是覺得，那個在附近被逮捕的搶劫犯，就是攻擊我的犯——」

因為她突然在一個很奇怪的地方停止說話，我忍不住「嗯？」地反問她。

美星小姐整個人都僵住了。

「美星姊姊？」

連小原呼喚她也沒有任何反應。

我到目前為止一直都深信美星小姐說的話是正確的。至於小原堅稱犯人是為了畫而搶走照片，我對此甚至有點無奈，覺得她是不是懸疑連續劇看太多了。

所以，當美星小姐在沉默許久後，盯著小原這麼說時，我被她嚇了一大跳——

「對不起。妳說的或許是對的。」

語畢，美星小姐猛地站起來。她的動作靈敏到讓人擔心這會不會影響她頭上的傷口。

「美星小姐，妳怎麼了？」

「我想去確認一件事。我們得盡快出發才行。」

「盡快……妳想拖著這身體去哪裡啊？」

美星小姐回過頭來，以毫不猶豫的口氣回答我：

「去濱松。」

2

小原也跟著參加了這趟突如其來的濱松之旅。

「反正我本來就在想，差不多該回家了，正好可以趁這時回去。」

「妳不等妳爺爺動完手術嗎？」

「就算我想也沒辦法啊，學校已經快開學了。」

對一名高中生來說，去學校上課是很重要的本分。雖然她最後似乎還是沒有去探望藻川先生，但在這種突如其來的轉變下也是無可奈何的事。連小原隱瞞的祕密也因此不了了之，不過這件事之後還可以再找機會跟她談。

我們三人一起前往京都站，並等待小原處理完旅館的退房手續。小原跑回車站時，除了當初來京都所帶的行李之外，還提著一個大紙袋，大概是在這裡添購的衣服等物品吧。

後來我們急忙搭上新幹線朝濱松出發。美星小姐的車票錢是用剛剛還給她的住宿費來支付的。

「美星小姐，妳身體還好嗎？」

我坐在三排椅正中間，馬上就開口關心坐在窗邊的美星小姐。她大概知道我是在擔心她的傷口，所以摸了摸頭上的網狀繃帶說道：

「我沒事，和平常沒什麼兩樣。」

「妳連續兩天去濱松了吧。在那之前是天橋立，然後又是濱松……連續出遠門這麼多趟，就算身體健康也會累積疲勞。算我求妳，真的別勉強自己。」

「謝謝你的關心。但我相信這是我最後一次出遠門了。」

我從她的側臉可以看出一絲緊張，實在不懂她到底在想什麼，也不知道她為何要前往濱松。

「話說回來，你們兩人昨天也調查了一些事對吧。你好像說過有什麼進展的樣子。」

昨天在電話裡，就在美星小姐被攻擊前，我的確這麼說了。

「如果你不介意的話，在我們抵達濱松之前，能把昨天的事告訴我嗎？」

我立刻答應她，這只是小事一樁，並且一邊注意坐在通道旁位子的小原，一邊依序把昨天發生的事告訴她。我和小原一起在天橋立逛了一圈。然後返回京都市區，跟藻川先生借鑰匙前往塔列蘭。最後我在煮咖啡時想到了烘焙所。

「所以我們就跑去北大路的根津烘焙所了。」

「原來如此，你們去找根津先生……這我倒是沒有想到呢。」

「對了，美星小姐，妳曾聽根津先生說過太太的事情嗎？像是太太為什麼會開始固定前往根津烘焙所之類的。」

「我沒聽說過。太太只說她很喜歡這間烘焙所的咖啡豆，所以才決定開店。除此之外她並沒有告訴我任何事情。」

「從結果來看，我們去找根津先生的行動是正確的。他竟然說，太太第一次去根津烘焙所就是影井先生帶她去的。」

我把根津告訴我的事情轉述給美星小姐。當我提到太太與影井的浪漫愛情故事，以及太太為了守住令人懷念的滋味才開了塔列蘭，她一邊聽一邊露出有些陶醉的表情。

「原來還發生過這種事……我之前都不知道。謝謝你告訴我。」

「不客氣。但是到頭來，連根津先生也不知道那幅畫的下落。」

當我正在猶豫，該不該把離開烘焙所後對小原起疑心的事情說出來，美星小姐卻以一種好像已經聽夠了的態度對我說道：

「這樣我就有十足的把握了。老實說，之前有一些事情還沒有弄清楚，但你剛才說的話，就是我所需要的最後一顆咖啡豆。」

「咦？妳的意思是……」

美星小姐對我微笑了一下。

「從摔破的咖啡杯開始，這一連串謎題，全都非常完美地磨好了。」

新幹線抵達濱松站後，美星小姐就搭上普通鐵路，並轉乘至天龍濱名湖鐵路。雖然她顯然是要前往影井的宅邸，但她還沒有告訴我這趟旅程的目的。

「離我家愈來愈近了耶。」

小原看著窗外這麼說。要在她回家之前問出她隱瞞的祕密或許有困難。

我們在三日站下車，邁步走向影井的宅邸。美星小姐直到這時才終於解釋她來到濱松的用意。

「目前看來，攻擊我的人還是很有可能是已經被警察逮捕的搶劫犯。如果是這樣的話，大概只能等警察問出犯人的供詞，並祈禱他們能夠找回我的物品了吧。」

這一點沒什麼好否認的，所以我並未回應。

「另一個說法則是，犯人為了奪取可以換成一千萬日圓的遺作才會攻擊我。我之前以不符合邏輯為由否認了這個說法。就算那個人搶走線索，並趕在我之前取得遺作，在他去找蘭女士換錢時，曾攻擊我的事情也會跟著曝光。因此這種做法無法獲得一千萬日圓，我不認為犯人會用這麼粗糙的方法奪取線索。」

「是的。這是足以說服人的論點。」

「但是我後來發現，有個人不需要把遺作拿去換錢，就可以享受這一千萬日圓的利益。」

這句話聽起來跟猜謎一樣，讓我有點混亂，但小原則在這時展現了十幾歲年輕人具備的靈活思考能力。

「是蘭女士對吧！因為要是她自己找到遺作，就不用支付別人一千萬日圓了啊。」

這個理由和我們現在前往影井宅邸的行動看來也是相符的。

美星小姐卻搖了搖頭。

「妳的推測方向是對的。不過，如果蘭女士不想支付一千萬日圓，只要立刻撤銷『會支付一千萬日圓給找到遺作的人』的聲明就行了。因為她本來就沒有義務一定要做這種事。」

「但如果在有人找到遺作時，突然說不支付一千萬日圓，只會讓人覺得是在耍賴不想付錢而已喔。這樣發現對方也不會老實地把畫交出來吧。」

我覺得蘭應該也可以等遺作被人以符合市面價值的金額出售時，再將它買回來。但美星小姐卻認同了小原的主張。

「的確如此。不過，還有其他證據能顯示蘭女士不是犯人。──青山先生，請你回想一下我被攻擊時電話裡傳來的聲音。犯人搶走我的包包後，怎麼樣了呢？」

我差點就想說因為沒看到，所以不清楚。但照著她所說的搜尋記憶後，想起了某件事。

「犯人逃跑了。我聽見了他的腳步聲。」

美星小姐像是在說謝謝似地對我微笑。

「我也在即將失去意識前，聽見了同樣的聲音。犯人是個可以跑著逃走的人。相較之下，我們造訪蘭女士家時，她曾一再告訴我們『我的腳不好』。」

實際上，就連要在家中稍微移動，對蘭來說似乎都是一件很麻煩的事情。那應該不是她為了隱藏自己可以跑著逃走而展現的演技。因為攻擊美星小姐對犯人來說，是一個突發事件。

「就算蘭女士的腳沒有問題，她也已經是個六十幾歲的女性。一般來說，那個年紀的人想動作敏捷地逃跑應該很困難吧。所以蘭女士並不是犯人。」

「不過，除此之外還有其他人嗎？不用把遺作拿去換錢就能獲得利益的人。」

「犯人之所以攻擊我，是因為誤以為我已經掌握了遺作所在地的線索。會產生這種誤會的時機，怎麼想都只有我拿到底片，或是去照相館加洗照片的時候，也就是我在濱松行動的那段時間。犯人擅自推測照片似乎拍到了明確的線索，所以就跟蹤我來到京都，並在偷聽我和青山先生的電話時認定了自己的推論是對的。」

——是的，我已經知道正中間那幅遺失的畫到底是……

犯人聽到那句話後，自然會以為美星小姐已經掌握了遺作的所在地。他一確定自己的推測沒有錯，就馬上攻擊美星小姐了。

「換句話說，犯人是可以在濱松接近我，又不需要把遺作拿去換錢就能享受利益的人。當然了，他也能夠跑著逃走。這樣的人我只想得到一個。」

說著說著，我們抵達了影井的宅邸門前。美星小姐按下對講機的按鈕。

「喂，請問是哪位？」

隔著對講機傳來蘭的嗓音。美星小姐以一本正經的語氣說道：

「我是切間。跑來打擾這麼多次，真是抱歉。其實我還有一些想找的東西。如果您不介意的話，能讓我進去尋找嗎？」

「啊，是美星啊。沒問題喔，請進吧。」

她說完後，對講機就掛斷了。在那個瞬間，我聽見美星小姐非常小聲地喃喃說了句「對不起」。

我們穿過大門往前走。拉開玄關拉門的是蘭本人。

「歡迎光臨。哎呀，妳的頭怎麼啦？」

「嗯，我遇到了一些事。但傷勢並不嚴重。」

「那就好……話說回來，妳今天不是一個人呢。哎呀，那個孩子是——」

「突然帶好幾個人來找妳，真是抱歉。打擾了。」

美星小姐這麼說著，打斷她的話，脫下鞋子走進屋裡。我和小原也急急忙忙跟在她身後。美星小姐沿著走廊筆直前進，在某個房間前停下來，伸手勾住了紙糊拉門。蘭試圖阻止她。

「等等，我昨天也告訴妳了，那個房間……」

但美星小姐還是毫不猶豫地拉開了紙糊拉門。

她停頓了好幾秒後才再次開口說話。我趁那段時間站到美星小姐身旁，探頭望向室內，結果完全說不出話來。

「犯人，果然就是你呢。」

美星小姐尖銳嚴厲的聲音刺向了正背對著我們盤腿坐在地上的房間主人。

「為什麼……妳會在這裡？」

江角大轉頭看向我們，一臉驚愕地喃喃問道。

美星小姐的手提包就躺在他的手邊。

3

「既然你問為什麼，那我就告訴你答案吧。」

美星小姐踏步走進了房間。

「一般來說，就算攻擊我，然後搶走線索、奪取遺作，在前來找蘭女士換錢時，罪行也會因此曝光而失敗。犯人卻一點都不擔心這個問題，仍舊這麼做了。所以如果犯人的目的是遺作，他一定是個不需要把遺作拿去換錢便能獲得利益的人。」

大維持著反轉上半身的姿勢僵在原處。我仔細一看，發現他手上拿著照片。

「只要思考一下那個人究竟是誰，答案馬上就冒出來了。如果包含我在內的某人以合法手段發現遺作，並從蘭女士手上換得一千萬日圓，就會有一千萬日圓——正確來說是扣除遺作在市面上交易價格後的餘額——從蘭女士的財產裡消失。因為那幅遺作在市面上並沒有一千萬日圓的交易價值。」

這就是小原剛才懷疑蘭的原因。

「我剛才說的，只有考量到蘭女士個人的財產。但這裡其實還有另一個利害關係人。大先生，如果蘭女士去世的話，你的身分應該可以繼承最多遺產對吧。因為蘭女士好像只有一名子女。」

——我覺得死後安葬在故鄉也不錯，所以就和獨生子大一起搬來這裡了。

我們第一次見面時，蘭是這麼說的。雖然蘭也可以按照自己的意願把部分遺產交給其他人，但既然她丈夫已經去世，大未來的確會繼承蘭的大部分遺產，也包括蘭之前所繼承影井城的遺產。

「你很擔心，如果蘭女士為了遺作支付一千萬日圓這麼大筆錢，會導致自己能繼承的遺產變少。還是說，你現在其實早就已經可以自由處置蘭女士的財產了呢？所以你才會攻擊我，並搶走底片和照片。大概是打算趕在我之前找到畫，然後把它藏在某處或處理掉吧。因為要是被蘭女士發現的話，你就必須解釋自己如何獲得那幅畫了。」

我聽說昨天美星小姐造訪這裡時，蘭女士是一個人待在家。大應該是因為在途中回來或其他原因，察覺到美星小姐似乎掌握了什麼線索，所以偷偷跟蹤她。後來在照相館看到美星小姐加洗照片，便心懷不安地一路追著她前往京都，然後在偷聽到她和我講電話時，認為自己唯一的辦法就是把照片搶走，所以就犯下罪行了。

「那張照片並沒有拍到可以指出遺作所在地的線索喔。」

美星小姐指向大的手邊。他手上拿著的似乎就是昨天美星小姐加洗的照片。

「我現在應該已經明白那幅遺失的畫到底怎麼了。但是這件事光靠照片是絕對無法知道的。所以就各層面來說，你攻擊我完全沒有意義。」

大自己也看過照片，大概明白美星小姐並不是信口胡言，他的肩膀不停顫抖。因為美星小姐說的話帶著些許挑釁意味，我擔心她可能會碰上危險，便往前踏出了一步。

「好了，請把我的東西還給我吧。如果你願意自己去找警察自首，我也不會主動報警舉發你。」

美星小姐是真的打從心底感到憤怒。但她在這種情況下還是盡可能體諒了大的心情。儘管明明現在的情勢只能老實認罪，大還是在原地一動也不動。

當美星小姐對他伸出手，想拿回自己的包包時。

「可惡！」

大突然站了起來，把照片扔掉並推開了美星小姐。雖然事情發生得太快，我來不及阻止大使用暴力，但因為正好站在美星小姐後方，我還是即時扶住了她的身體。

第一次見面時，態度相當溫和的大此時露出令人難以想像的憤怒表情，小原嚇得試圖躲開，他便趁隙逃離了房間。

「美星小姐，妳還好嗎？」

我很擔心美星小姐頭上的傷。

「多虧了你，我沒事。先別說這個了，快點去追他吧。」

我轉身在走廊上跑了起來。

大跑到玄關前的空地，像是把腳硬鑽進去似地，套上有些骯髒的帆布鞋。我以為他會就此逃走。

但他卻在那裡停了下來。

「……媽。」

蘭站在玄關的拉門前擋住他的去路。

「我聽到你們說的話了。快去自首吧。」

蘭語氣嚴厲，兩隻眼睛都因為充血而變得紅通通的。

「媽，拜託妳讓開！」

大衝到蘭面前。但是蘭仍舊站在原地，一步也沒有移動。

「如果你想逃跑，就把我推開，隨便想去哪裡都行。但你真的這麼做的話，就當作我們已經斷絕親子關係了吧。」

「別說了，快讓開！」

「如果你有心想贖罪的話，我不會捨棄你。都是因為我說要支付一千萬日圓，你才會犯下這種罪。所以我也會陪你一起贖罪的。」

沉默持續了一陣子，彷彿停止呼吸般。隨後趕來的美星小姐和小原也都屏氣凝神地望著互相對峙的母子。

最後，大全身癱軟地在原地坐了下來。

「……我沒辦法離開。我怎麼可能把媽推開自己逃走呢？」

蘭把手放到兒子的肩膀上。我看向身旁，美星小姐露出了渾身無力的呆滯表情。

大似乎已失去活動精力，他在玄關台階上坐下來，並且還是自己打電話報了警。警察很快就開車抵達，把大帶到警車上。美星小姐在庭院看著他離去後，便對蘭低頭致歉。

「事情演變成這樣，真不知道該說什麼才好……您之所以協助調查，全都是基於好意，我最後卻讓您的兒子變成了罪犯。」

蘭搖了搖頭。

「害妳吃了這麼多苦頭，我真的覺得很抱歉。做錯事的不是妳，是我兒子才對。」

「但是……」

「是我沒有謹慎思考，就說要支付不符合遺作價值的鉅款，事情才會弄成這樣的。請妳抬起頭來吧。」

雖然美星小姐看起來仍舊很沮喪，但她沒有反駁這句話。我也認為這樣就夠了。美星小姐完完全全就是個受害者。雖然或許無法保證她絕對不是引起犯罪的間接因素，但真的計較起來會沒完沒了。

「話說回來，沒想到您竟然有辦法擋在玄關前呢。如果他推開您的話，應該一下子就摔倒了吧。」

美星小姐稱讚了蘭的勇氣。因為她的腳不良於行，根本難以預料大所採取的行動可能會造成什麼嚴重的後果。

蘭在此時仍不忘露出微笑。

「就算是那樣的兒子，對待我的時候還是很溫柔的。多虧了他，我在這個不太熟悉的房子裡生活也沒有碰上太大的困擾。」

但她兒子如果不是判決緩刑的話，也暫時不會回來了。雖然我不太忍心看到蘭被迫過著不便的生活，但這大概也算是在和兒子一起贖罪吧。

警察進入影井的宅邸，正在扣押證物。美星小姐的包包似乎還要過一陣子才能拿回來。當警察拿著幾項物品準備上車時，美星小姐叫住了對方。

「請你們稍等一下。」

美星小姐和警察商量一陣子之後，拿著一張照片和底片走了回來。

「我想在它被收走之前，先拿給各位看。」

「難道是……」我這麼說道。

「是的。這就是拍下了影井先生遺作的照片。」

蘭、我和小原之間頓時閃過一絲緊張。

美星小姐先把照片的正面朝下，往前遞出。我們上前圍住它，她在我們的注視下把照片翻了過來。

「這是——」

由三幅畫組成的遺作全貌終於揭曉。

地點和我們之前聽說的一樣，是「雪花」之間。三幅畫在壁龕裡並排豎立在一起。

藻川千惠就站在左邊的畫中。影井城則站在右邊的畫中，兩人互相朝對方伸出雙手。和我們在平山美術館看到的畫一樣。

正中間的畫則描繪了他們的雙手，從兩側的畫延伸出來。

但是上面並沒有和《國土誕生》一樣畫著矛。

兩人也沒有互相牽著彼此的手。

「……這是什麼？」

我忍不住喃喃問道。

兩人一起扶著一個茶托，上面放了一個藍色花紋的咖啡杯。

「我昨晚之所以打電話給你，就是因為看到了這張照片。」

美星小姐面對著我這麼說。

「正如我留在旅館的信裡所寫的，我很猶豫是否該繼續調查已經過世的太太的過往。而且就算查出太太在那一週的確與影井先生彼此相愛，也打算對所有人隱瞞這件事。如果正中間的畫描繪的是矛，我應該會把這個祕密藏起來吧。」

但是畫上實際描繪的並不是矛，而是咖啡杯。

「老實說，昨晚我還是不明白影井先生為什麼會畫咖啡杯。但看到他們拿的並不是矛，就能確定兩人並非彼此相愛了。」

名為《四十年後》的遺作必須和《國土誕生》採用相同構圖才能傳達其含意。如果不只是把角色換成變老的兩人，連手上拿的東西都刻意改變的話，應該會有明確的理由。若兩人當時彼此相愛，影井肯定會在上面畫出矛。

「這就是為什麼我判斷這件事可以告訴青山先生的原因。太太並沒有背叛自己的丈夫，雖然她的確與影井先生共度了一週的時間，並在過世時把這個祕密一起帶進墳墓裡，但那並不算是外遇。我是如此相信的。」

把這件事告訴我的話，反而可以維護故人的名譽，站在美星小姐的立場，當然會想盡快把這件事說出來。所以她才會在那個時間打電話給我。

「我已經知道他們在那一週並不是彼此相愛的關係，所以影井先生才在遺作上畫了不是矛的東西。不過，為什麼是咖啡杯呢？」

當我正感到疑惑時，美星小姐輕笑了一下。

「關於這件事，你們應該比我更清楚吧。」

「咦？我們嗎？」

當我開始思考那到底是指什麼的時候。

「——這是不可能的。」

我突然聽見一道低沉又情緒激昂的聲音，便轉頭看向聲音傳來的地方。

是小原。她低頭咬緊牙關，雙手緊緊地握成拳頭。

「這太奇怪了。肯定是哪裡弄錯了。他們兩人必須拿著矛才行啊。」

「小原，妳怎麼啦？」

就算我呼喚她，她也沒有停下來。

「這樣實在太可憐了。結果竟然無法相愛，這樣爺爺實在太可憐了。」

如果畫中兩人拿的是矛，我還可以明白藻川先生為什麼很可憐。但她卻看著這幅畫說「爺爺很可憐」，這究竟是什麼意思呢？

當我正感到混亂時，一個聲音從別的方向傳過來。

「我一直覺得不太對勁。」

是美星小姐。

「妳一下子在叔叔家發現照片，一下子又看著影井先生的臉說他是與美術有關的人。妳總是很巧合地引導我們接近真相。雖然一直覺得很神奇，卻始終沒有懷疑妳。因為我滿腦子只有調查的事情，沒有多餘的心力去思考那些事。」

她為什麼突然說這種話呢？雖然小原曾多次扮演關鍵角色，但為什麼我們非得懷疑她不可呢？

「我覺得自己察覺得太晚了。昨天在這棟房子裡發現底片時，我才終於明白妳其實一直都在說謊。」

「說謊？」

我如此反問。那和小原尚未向我透露的祕密有關嗎？

「請你看一下這張底片。」

美星小姐把從警察那裡收到的底片遞給我。這是原本放在那本插入式相簿裡，在天橋立拍攝的照片的底片。我按照順序一一查看，並沒有發現奇怪之處。只要定睛細看，就可以看出上面有旅館的照片、在海邊的合照跟遺作的照片等內容。

看到最後一張照片時，我在心中「咦」了一聲。

「這是太太墳墓的照片對吧？」

底片的最後一張和插入式相簿的最後一張一樣，都是刻有「藻川家之墓」字樣的墳墓照片。

「影井先生用來拍攝墳墓照片的底片，應該和之前在天橋立拍攝用的是同一捲吧？他果然不會特別整理照片，只是將洗出來的照片機械式地收藏在相簿裡而已。不過，這又代表了什麼呢？」

「你還不明白嗎?那顯然是一件很奇怪的事情。」

「他是在七年前去天橋立的,太太過世的時間則是五年前,這表示他兩年來都沒有把同一捲底片用完,這說起來的確是有點怪……不過,影井先生實際上就是這麼做的吧。會不會是他已經完成遺作,所以也不需要再拍照了呢?」

「這張底片所說明的,並不是只有影井先生長達兩年都沒有拍照,一直把這捲底片放在相機裡而已。他不僅沒有拍照,也沒有拿去洗成照片。」

「的確是這樣沒錯……咦?」

好像有點不太對勁。美星小姐把我腦中糾纏不清的思緒化為言語說了出來。

「影井先生在太太死後,前去參拜墳墓並拍下照片,然後才終於把這捲底片拿去洗成照片。這可能是基於思念太太的心情所採取的行動吧。」

「嗯,我也是這麼想的。」

「但是,這就表示在太太還在世的時候,這捲底片從未沖洗成照片過——換句話說,**太太不可能拿到那張在海邊拍攝的照片**。」

我身上頓時冒起了雞皮疙瘩。

在太太死後才沖洗出來的照片,為什麼會在太太的遺物中被發現呢?

「會不會是藻川先生收下照片後,就和太太的遺物一起保存起來了呢?」

我試著替這件事找出一個合理的解釋，但美星小姐否認了我的推測。

「你覺得影井先生有可能在知道太太過世後，把那張照片寄給叔叔嗎？」

「雖然是令人費解的行為，但也不是不可能發生……」

「如果是這樣的話，就表示叔叔已經看過那張照片了吧。他應該也會從右下角的日期察覺到，那是在太太離家那週拍攝的才對。他這次委託我調查時，卻沒有提起這件事，不管怎麼說都很不自然。」

這麼說也對。不過，既然如此，為什麼那張照片會出現在藻川先生家呢？

美星小姐說出的答案讓我大感意外。

「那張照片其實本來就不是放在太太遺物裡的東西。」

「這又是什麼意思呢？」

美星小姐轉身面對小原。

「我昨天離開這棟房子後，因為在電車到站前，還有一段空檔，所以就先去了一趟小原家。」

小原的頭仍舊垂得低低的。她的臉色看起來十分蒼白。

「當我按下對講機之後，小原的媽媽接起了電話。當我問她『小原在家嗎？』之後，她對我說了句『妳稍等一下』。然後過了大約一分鐘，真正的小原就出現在玄關了。」

「咦？」

我感到十分驚慌。因為我無法理解她究竟在說什麼。

美星小姐以銳利的眼神看向眼前的少女，然後說：

「妳——究竟是什麼人？」

第五章

盛滿咖啡杯的愛

1

她的名字好像是土居塔子。

藻川小原和她住在同一個城鎮，是一起長大的朋友。兩人感情好到可稱為知己，身型和五官也莫名相似，所以成長過程中經常有人說她們「簡直像是雙胞胎」。

塔子念小學三年級時，某一天學校派了一項素描作業。當她在附近散步，尋找自己想畫主題的途中，發現了影井的宅邸。因為庭院裡盛開的花朵很漂亮，她就穿過樹籬闖了進去。

屋主影井城友善地歡迎塔子，還為正在煩惱畫不出好作品的塔子指點基本素描技巧。塔子就此喜歡上影井和他的家，之後也會定期前去玩耍。沒有其他家人的影井把塔子當成真正的孫女般疼愛，塔子也把影井當成自己並未住在附近的祖父，很親密地喊他「爺爺」。

雖然塔子事後才得知這件事，但當時影井已經知道自己得了不治之症。這位一直過著孤獨生活的老畫家之所以對一名陌生少女敞開心胸，或許也是因為醫生已經宣告他來日無多了吧。

塔子和影井談論了各式各樣的話題。像是——

「爺爺，你沒有結婚嗎？」

還是小孩子的塔子以為所有老爺爺和老奶奶都是結了婚的人，並認為他們有孫子是理所當然的事情。

「嗯。我啊，並沒有娶妻喔。」

「為什麼呢？」

「這個嘛，究竟是為什麼呢？我以前曾有個非常喜歡，但後來分手的對象。或許是因為我後來再也沒有遇過更喜歡的對象了吧。」

據說影井當時明明是在談論一件令人感到寂寞的事情，他的眼神卻充滿溫柔。

有一次塔子對影井提到自己的知己小原。

「她的名字是藻川小原，和我感情非常要好……」

那個瞬間，向來態度穩重的影井眼裡閃過了一絲銳利的亮光。

「妳說她姓藻川？那個孩子的親戚裡，是不是有個名字叫千惠的奶奶呢？」

雖然態度不變的影井讓塔子感到有些困惑，但還是告訴他會去問問小原，然後就回家了。

隔天塔子在學校向小原確認這件事後，得知藻川千惠是小原的祖母，目前在京都市區經營一間名叫塔列蘭的咖啡店。當她把這些內容告訴影井時，他在庭院前閉上眼睛，仰頭深吸一口氣後，頭一次緊緊抱住了塔子。

「謝謝妳。這是神明賜給我的奇蹟。」

據說那句話至今仍偶爾在塔子耳裡迴盪。

後來影井完全沒有告訴塔子，他和千惠之間發生了什麼事。大概是認為這些話不適合對小學生說吧。雖然塔子在那之後仍不時造訪影井的宅邸，隨著她慢慢長大，頻率也逐漸減少了。

影井的病情惡化得十分緩慢，連醫生也相當驚訝，但最後還是不得不在去年住院治療。當時塔子已經是高中生，曾多次前往醫院探病。影井總是一個人待在病房裡，雖然聽說他還有妹妹和外甥，但塔子從未和他們碰過面。

塔子最後一次探病那天，影井躺在病床上對塔子說道：

「我有一件事想要拜託妳。」

他看起來十分憔悴，好像連說話都相當吃力。

「你想拜託我什麼事？」

「去拉開那邊的抽屜吧。」

當她拉開病房櫃子的抽屜，發現裡面放著一個茶色的信封和一張照片，上面的人是影井和一名她沒見過的老奶奶。

塔子打開信封查看後嚇了一大跳，裡面竟然放了一疊一百萬日圓的鈔票。

「妳把那些東西帶走吧。」

「不行啦，爺爺。我不能收下這麼多錢。」

「我不是要白白把錢送給妳。接下來可以請妳聽我說說話嗎？」

然後影井就告訴她，自己以前最愛的女子名叫藻川千惠。但他當時不得不選擇與她分手，而且過了一段日子後，他偶然得知她似乎已經結婚了。他雖然曾多次和其他女子交往，但始終無法忘記千惠，所以最後都沒有走到結婚這一步。他得知自己生病，被醫生宣告來日無多後不久，就認識了塔子。影井從塔子口中得知千惠的消息，以製作遺作為由安排旅館和千惠兩人一起生活了一週。他刻意把遺作設計成三幅畫，並把其中一幅託付給千惠。但是才過了僅僅兩年，千惠就在自己還活著時先行離開了人世——

「那張照片裡的老奶奶就是千惠喔，是我和她一起度過最後的一週拍的。」

聽到影井這麼說，塔子又再次看了看照片，那是一名看起來很溫柔的老奶奶。

「我想拜託妳的事情，就是希望妳可以幫忙拿回之前託付給千惠的那幅遺作。」

「為什麼要把它拿回來呢？」

「我本來想把那幅畫送給她當紀念品。但沒料到她竟然會比我還要早過世……當我也感覺離死亡不遠時，就莫名地把那幅肯定沒有任何人看顧、一直被放置不管的畫跟自己的處境重疊在一起了。我想，那幅畫應該很寂寞吧。」

我還不希望爺爺這麼快死去。雖然塔子這麼想，但又覺得這句話很不負責任，所以實在無法說出口。

「這件事只能拜託妳幫忙了。希望妳能把那幅畫拿回來送到我家。這一百萬日圓就當作拿回畫的經費吧。如果有剩下，就算是報酬。但就算無論如何都沒辦法找到那幅畫，要放棄這項委託也沒關係。」

這對還是高中生的塔子來說是一項過於沉重的負擔。雖然塔子心中也這麼想，但實在沒辦法拒絕這名來往許久又死期將近的老人的請求。

「我知道了。我會試試看。可以把這張照片帶走嗎？」

「妳想拿就拿走吧。」

塔子緊緊抓著信封與照片離開病房。幾天之後，影井就過世了。她後來才想到，應該要先問清楚遺作上究竟畫了什麼，以及他是否順利地與最愛的人再次相愛，但這已經是無法實現的願望了。

過沒多久，其中兩幅遺作就在平山美術館展出，塔子也前往美術館實際觀看了那兩幅畫。她還造訪了改由影井妹妹蘭居住的宅邸，並從蘭口中得知遺作與《國土誕生》之間的關係。塔子不想告訴蘭，影井給了她一百萬日圓，所以謊稱自己是為了一千萬日圓而來，因為還有其他人為了類似理由前來造訪，蘭並沒有對她起疑。

到目前為止，塔子的調查行動都很順利。但是高中生能做的事情還是有限，她陷入了瓶頸。雖然曾想過要直接去拜託千惠的丈夫藻川先生替她尋畫，但是影井與千惠之間可能是外遇關係，這麼做的話，她就不得不解釋這件事，所以她實在不認為藻川先生會樂意提供協助。

她從未遺忘自己與影井的約定，但在束手無策的情況下，時間也過了超過半年，來到三月三十一日這一天。塔子從知己小原那裡得到了一項消息。

「我爺爺生病了，已經決定要在一週後動手術。所以我爸爸明天要先去京都一趟。」

塔子從小原口中問出消息，直覺認為藻川又次住院後，情況應該很混亂，這正是千載難逢的機會，能尋找很可能在千惠手上的遺作。所以她用「小原邀請我和她在京都的爺爺家一起住一週」為由說服父母，獨自來到這裡，然後先造訪了千惠曾待過的塔列蘭，並在我和美星小姐面前謊稱自己是小原。因為她推測這麼做更有機會接近千惠的遺物。

她聽小原說已經很久沒和美星小姐見面，而且自己的外表又和小原很像，所以認定應該不會馬上穿幫。只要能夠拿到遺作，就算之後被看穿真實身分也沒問題。當時美星小姐也正好因為藻川先生的要求而開始調查那一週的事情，以影井的話來說，這未嘗不是一個神明賜予、奇蹟般的巧合。

塔子就這樣和我們一起進入藻川家，也根據調查的進展，拿出向影井借來的照片等提示來引導美星小姐。雖然因為身分曝光的風險太高，她沒有跟著我們去濱松，但我們為了尋找那幅畫的下落前往天橋立時，她也一起同行，並在美星小姐離開後，繼續為了履行與影井的約定進行調查。據說她住在京都車站附近的旅館時，向旅館謊稱自己的年齡是二十歲。此外，她也和真正的小原頻繁聯絡，謹慎小心地打聽她父親惠一的行動。

塔子一直發自內心地認為，影井與千惠在重逢的那一週內是彼此相愛的。她也希望正中間的畫上描繪的是天沼矛。

所以當她第一次看到遺作的照片時，無論如何都無法接受眼前的事實。結果竟然無法相愛，這樣爺爺實在太可憐了——這強烈的想法貫穿了她仍十分年輕的心。

2

我一邊聽著塔子的漫長自白，一邊回想起各種事情。

昨天晚上我質問她的祕密就是這件事。她曾經為了尋找正中間那幅畫而前往平山美術館，而且不用說也知道，她之所以沒去探望藻川先生，是因為她並非真正的孫女。但是，我認為她的目的是一千萬日圓，這個推測是錯的。她的願望始終都只是想拿回那幅畫而已。

美星小姐會說自己「有話要跟她說」，要談的也是塔子的真實身分。現在回想起來，今天美星小姐完全沒有用「小原」這個名字來稱呼她。

塔子說，她在藻川先生家給我們看海邊的照片時，我們正好在查看相簿。那時塔子不僅想給我們提示，也是為了避免我們看見小原長大後的照片，進而察覺到她並不是小原，所以才會用影井和千惠的合照來吸引我們的注意。仔細回想起來，相簿中，嬰兒時期的小原是用右手拿湯匙的。但我們在浮橋亭吃飯時，塔子卻告訴我們她是左撇子。

那張海邊的照片就是塔子跟影井借來的。藻川先生沒有發現那張照片，並不是因為沒有翻找過千惠書桌裡的東西，而是影井打從一開始就沒有把照片寄給千惠。他在住院時，就把那張照片從相框裡拿下來帶進病房了，所以連蘭也沒有看過。塔子之所以在穿越天橋立時和我爭論照片的事情，是為了不讓我看穿那張照片是她自己拿來的。

昨天早上我搖著塔子的肩膀想叫醒她時，她曾說過「我才不是小原」。那時她只是睡昏頭，腦袋轉不過來，所以才脫口說了實話。

她不是小原，所以沒辦法和惠一一起在藻川先生家過夜。她說自己沒有使用通訊ＡＰＰ大概也是這個理由。因為會被發現帳號名稱不是小原，才只肯告訴我們電話號碼。

我愈是認真思考，能證明她並非小原的線索就愈是接二連三地從腦中冒出來。但要看穿她的真實身分還是很困難。因為她自稱是小原，加上美星小姐承認了這件事，我也就覺得這沒什麼好懷疑的。

——妳的意思是我分辨不出謊言嗎？

——是啊。

我們之間曾有過這樣的對話。而我也的確沒有分辨出她的謊言。

四周的天色在不知不覺間變暗了。蘭因為被警察傳喚而暫時離開，影井宅邸的庭院裡只剩下我、美星小姐和塔子三個人。

「對爺爺來說，千惠女士是他最愛的人。」

塔子咬著牙關這麼說。她脹紅了臉，看起來像是在強忍淚水。

「那幅遺作是兩人的愛的證明。正中間那幅畫上，不可能是咖啡杯。他們兩人重逢後一定又再次相愛了。兩人手上拿的，必須是矛才行啊。」

「但妳應該也已經聽根津先生說過了吧。」

我試圖向她解釋道：

「千惠女士到死之前都一直在守護情人曾告訴她的咖啡滋味。這不就是最能夠證明她深愛著他的行為嗎？」

我自己說著說著也有種恍然大悟的感覺。關於畫上描繪著咖啡杯的理由，美星小姐剛才曾說「你們應該比我更清楚」，她所指的原來就是這個意思啊。

根津告訴我們的事情也證明了，即便影井與千惠在相隔四十年後沒有真的再次相愛，兩人的愛也早就已經刻印在千惠承繼自影井的咖啡味道上了。而影井正是選擇把它當作遺作的主題。在我把根津說的話轉告給美星小姐的瞬間，她就已經解開所有謎團了。

「影井先生最後並沒有虛假地畫上矛，選擇畫出咖啡杯，象徵真實存在的愛。所以妳也不要再拒絕接受真相了，就尊重影井先生的決定吧。」

美星小姐溫柔地對塔子這麼說後，她緊握拳頭咬住了下脣。過了一會，她盯著地面喃喃說道：

「……如果爺爺想和千惠女士再次相愛的願望已經無法實現，我希望至少可以替他完成最後的心願。因為我已經答應過他，要拿回正中間的那幅畫了。」

不知道為什麼，美星小姐聽了卻露出泫然欲泣的表情。

「很可惜，我覺得妳應該無法替他實現那個願望了。」

「為什麼呢？美星姊姊，妳應該知道正中間那幅畫到底怎麼了吧？快告訴我那幅畫在哪裡。」

塔子抓住美星小姐如此懇求。但是美星小姐又再次砍斷了她的希望。

「那幅畫已經不可能找到了。」

「妳不是已經知道那幅畫在哪裡了嗎？」

「妳還記得太太日記裡的敘述嗎？」

塔子似乎沒想到她會提起這個，所以愣了一下。

「妳說的日記是……」

「就是太太從天橋立回家後，過了整整一週寫的日記。妳應該也看到了吧，上面寫著這樣的一句話。」

美星小姐把那篇日記背了出來——

咖啡杯已付諸流水。

塔子整個人都僵住了。

「我第一次看見那篇日記時，解釋成太太把叔叔摔破咖啡杯的事情付諸流水，也就是已經原諒他了。雖然你們質疑太太在回家時已經哭著道歉了，卻又在一週後用了『付諸流水』的說法，這樣的行為相當奇怪，但我並沒有因此改變想法。」

雖然提出質疑的是我，後來也接受美星小姐的解釋：為了離家出走道歉，和原諒摔破杯子的叔叔是兩回事。

「不過，事實並非如此。當我知道正中間的畫上描繪的是咖啡杯，才終於看懂那句話的意思。太太其實是照字面意思，把那幅畫『付諸流水』了。」

「付諸流水……難道說……」

塔子露出了驚愕的表情。

美星小姐深吸了一口氣說道：

「太太把那幅畫帶回家後，應該就把它放進河川或海裡讓水沖走了吧。日記的文字就是在記錄那件事。」

所以我們已經不可能找到那幅畫了。除非有人奇蹟似地撿到那幅隨著水流漂到其他地方的畫——塔子一臉呆滯地聽著美星小姐的結論。

「請妳等一下。美星小姐，妳不是說了嗎？太太是個明白藝術有其價值的人，妳不認為她會把畫丟棄。」

我提出了反駁。但是美星小姐仍舊不為所動。

「當時我是真心這麼想才會那麼說。但是當我再次回想那篇日記，只能把那句話解釋成太太將畫放進水裡沖走。她希望盡量避免藝術作品的價值遭到毀損，但又想在影井先生本人絕對不會察覺到的情況下拋棄那幅畫，所以考慮到最後，大概也只能把畫包得密不透風，再放進水裡沖走了吧。」

因為不忍心用焚燒等方式來摧毀作品，才把那幅畫用水沖走，並相信可能會有人在不知道作品的任何詳情或背景的情況下撿到那幅畫。我也覺得這個做法或許無法以邏輯來解釋，太太是基於感傷的情緒才這麼做的可能性應該比較大吧。之所以聯想到水，說不定是因為那幅畫的背景在海邊，她又曾在海邊的旅館和影井一起生活過。

「怎麼會……這太過分了。千惠女士為什麼要這麼做？」

塔子太過偏袒影井，難以壓抑自己的憤怒，美星小姐則以循循善誘的態度對她說：

「太太是懷抱著罪惡感，欺騙叔叔去跟別的男人生活一週，才返回京都的。叔叔一直在等太太回來。他連自己的妻子為什麼會勃然大怒都不知道。明明已經無法再繼續使用，卻還用黏著劑修理了自己摔破的咖啡杯。」

我可以歷歷在目地想像出那個情景。平常態度輕浮又有些怯弱的藻川先生，因妻子離家出走而慌了手腳，拚命收集杯子的碎片並設法把它黏好的情景。

「太太直到那時才終於知道叔叔對她的愛有多深。她應該是在看到修理過的杯子時，瞬間聽見了叔叔埋藏在裡面的心意了吧。」

──對不起，我把妳很重視的杯子摔破了。

──妳能不能原諒我呢？

──妳到底在哪裡，快點回來吧。

──我到現在還是很喜歡妳呀。

「太太會哭著跟他賠罪是很自然的事。我想她應該也打從心底責怪欺騙丈夫去和影井先生見面的自己吧。」

太太和影井並沒有再次相愛，所以我不會譴責太太。她之所以隱瞞真相去見影井，大概也是為了不讓藻川先生感受到不必要的痛苦。儘管如此，太太還是認為欺騙丈夫是一項大罪。

「所以她明確地體會到自己不該擁有這幅畫。就算上面畫的是咖啡杯，只要把畫放在身邊，她就會覺得自己一直在背叛叔叔。」

衡量了藝術作品的價值，以及影井得了不治之症所許下的願望後，她還是決定拋棄這幅畫——這是太太感受到丈夫的愛後所展現的誠意。

或許是因為得知自己已無法實現約定，塔子以失魂落魄的表情憤恨地說道：

「明明是很重要的遺作……我希望她至少可以還給爺爺，而不是用那種方式扔掉。」

「太太希望影井先生去世時，能相信她擁有那幅畫。我覺得這也是太太以自己的方式在表達溫柔喔。」

「就算是這樣好了，爺爺希望拿回正中間的畫，把三幅遺作擺在一起。從他本人口中聽到這件事的只有我。但這個願望已經無法實現了。」

也難怪塔子會如此憤慨。但是已經發生的事情是無法改變的。

美星小姐稍微沉默了一會，問她：

「妳覺得影井先生把遺作照片銷毀的原因是什麼呢？」

塔子頓時愣住。

「只要看過我用底片加洗的照片就知道，他曾以相機拍下遺作。但是那本插入式相簿裡卻唯獨沒有遺作的照片，留下一格空白。這怎麼想都是刻意銷毀掉的。為什麼他要做這種事呢？」

「這……究竟是為什麼呢……」

塔子思考了起來。

「有沒有可能是他的外甥大處理掉的呢？因為他不希望遺作被人找到。」

我試著說出自己想到的意見。

「如果是這樣的話，他就會知道照片上的內容了，根本沒有動機攻擊我，搶走底片或照片。」

聽到美星小姐的反駁後，我馬上就退讓了。

「蘭女士並不知道有那張照片，所以不可能是她銷毀的。總而言之，我們也只能推測照片是影井先生自己銷毀的。」

「美星小姐，妳知道他為什麼要銷毀遺作的照片嗎？」

美星小姐謹慎地停頓了一會後才回答：

「我們只能用想像力來推測故人的心情，所以我並沒有確切證據。但我認為影井先生大概是不希望那幅遺作被任何人看見吧。」

「但那不是畫家下定決心後，畫出來的遺作嗎？」

「這是我唯一能夠想到他銷毀照片的理由。明明已經把照片收在插入式相簿裡，卻又在事後刻意只銷毀那一張，應該就表示他不想被其他人看到。」

「或許是這樣沒錯……但是影井先生為什麼不希望畫被其他人看見呢？」

「或許是那幅名為《四十年後》的遺作想表達的情感實在太私人了吧。如果是《國土誕生》，只要看到畫，大概就能理解他的創作意圖。但是就連那幅畫，影井先生也曾說過是很私人的作品，所以之前才一直沒有公開問世。以那幅畫為基礎描繪的《四十年後》就更不用說了，在旁人眼裡，肯定會覺得讓兩人拿著咖啡杯是很莫名其妙的安排。老實說，如果青山先生沒有把根津先生的話告訴我，我應該到現在還是無法掌握其中涵意吧。」

換句話說，那幅畫只有影井、千惠和包括根津在內的極少數人才能了解它真正的意思。

「如果把《四十年後》展現在世人眼前，也有可能會遭受批評，說這幅畫以咖啡杯為主題意義不明。影井先生不希望這種情況發生。他不想把這幅和《國土誕生》一樣，不，是比它更加私人，而且沒有人能理解的作品公諸於世。所以銷毀了把遺作完整的模樣記錄下來的唯一一張照片。他可能沒有想到還有底片，而且考慮到其他照片會無法再加洗，所以才沒有全部銷毀吧。」

「這實在太奇怪了。」

塔子直接對美星小姐說的話提出質疑。

「因為爺爺明明就拜託我幫他找回正中間那幅畫。到頭來我還是會看到遺作吧？但我光看那幅畫，也無法明白咖啡杯所代表的意義啊。」

我想，像塔子或蘭這種關係較親密的人也許是例外吧？但是美星小姐以另一個角度反駁了她的說法。

「影井先生連要拜託妳調查時，都沒有告訴妳上面畫了什麼內容吧？這個不自然的做法也表示他不想讓妳知道那幅畫的內容。」

「但是，如果我順利找回正中間的畫，到最後還是會知道上面的內容啊。而且如果我湊齊了三幅遺作，其他人總有一天也會看到畫。」

「影井先生大概覺得妳本來就無法拿回正中間那幅畫。雖然我不認為影井先生知道太太把畫放進水裡沖走這件事，但他或許已經知道太太的遺物裡沒有那幅畫了。」

「這簡直莫名其妙。那爺爺為什麼還要拜託我去把畫拿回來呢？還為了這件事特別準備一百萬日圓這筆大錢……」

原本還不停嚷嚷的塔子突然沉默了。

因為美星小姐對她輕輕地微笑了一下。

「那會不會就是他真正的目的呢？」

「……啊？這是什麼意思？」

塔子看起來十分震驚。

美星小姐一邊低頭看著遠處的湖畔，一邊開口說道：

「影井先生一直非常感謝妳。因為妳在他人生邁入尾聲時出現，像真正的孫女一樣和他交心，而且還讓他與最愛的人重逢了。所以在他感覺到自己離死亡不遠時，便浮現了想要回報妳恩情的念頭。」

「怎麼會……」

塔子驚訝地瞪大雙眼。

「影井先生當時已經很虛弱，覺得自己能做的事情，大概就是把錢留給妳。但是，不管你們再怎麼熟，妳仍舊是毫無關係的外人，他不認為妳會老實收下那筆錢，所以想了一個計策——把一百萬日圓交給妳，並要妳把它當成尋找畫的經費。」

——但就算無論如何都沒辦法找到那幅畫，要放棄這項委託也沒關係。

連找不到畫的情況影井也明確留下指示，但完全沒有提到剩下的錢是否要歸還他。

「妳以調查為由，收下了那筆通常不會收下的鉅款。那個瞬間，影井先生真正的願望就已經實現了。只要那筆錢能在妳人生中派上用場，他就十分滿足了。」

塔子聽完後低下頭。

一滴淚水沿著她的臉頰落下。

「我根本不需要那筆錢。我只希望爺爺能夠再活得更久一點，只要那樣就很開心了。」

「我認為他過得很幸福喔，因為認識了妳。」

美星小姐把手放在塔子的背上。塔子放聲大哭了起來。我看著她哭泣的模樣，感到她之前一直壓抑著的悲傷，似乎終於在此時得以解放了。

一陣涼爽的風從湖泊的方向吹上來。天空被染成紫色，十分美麗，西邊還有黃昏的金星正閃閃發光，彷彿有人在那裡一樣。

我們的調查就這麼結束了。

一名高中女生的冒險之旅也在此劃下了句點。

3

隔天，也就是四月六日的下午，我和美星小姐造訪了藻川先生所在的大學醫院。已經拆除頭上網狀繃帶的美星小姐決定把一切都告訴藻川先生。

「太太直到最後都沒有背叛叔叔。我打算把這件事坦蕩蕩地告訴他。」

躺在病床上的藻川先生仍舊無精打采，但他一知道美星小姐是來報告調查結果，眼裡便閃過一絲亮光。美星小姐把太太為了見影井而假裝對藻川先生發怒的事情、雖然在天橋立協助完成遺作，但兩人並非彼此相愛、遺作上畫了代表太太繼承咖啡味道的咖啡杯、太太基於對丈夫的愛把帶回家的畫放進水裡沖走，以及自己如何調查到這些事的經過全都依序告訴他。

藻川先生坐在床上靜靜地聽著。當美星小姐的話告一段落時，藻川先生一邊盯著自己用棉被蓋住的肚子，一邊喃喃說道：

「我還記得那個男人來我們店裡時發生的事。」

美星小姐大吃一驚地問：「影井先生曾來過塔列蘭？」

「妳那時好像是去買東西，剛好不在店裡。那個男人大概也是特地挑店裡人比較少的時候才來的。」

「影井先生對你說了什麼呢？」

「他說他是千惠以前的朋友。聽說她過世了，希望可以至少去她的墓上個香。」

影井果然透過某些管道得知了千惠的死訊。

「不過，除了那個男人外，那時還有好幾個這樣的人。如果他只說了這些話，我大概不會對他有任何印象吧。」

「所以他還說了別的事情嗎？」

「那個男人沒有在我們店裡點任何東西，我一告訴他墳墓的位置，他就打算馬上離開啦。不過最後他問了我一個問題。」

——千惠女士的遺物裡，有一幅畫著咖啡杯的畫嗎？

「我跟他說沒有之後，他就露出了像是豁然開朗的表情。就算我問他那幅畫是什麼，他也只是說如果沒有就算了，不肯說明理由，所以我也聽得一頭霧水。雖然有點在意，但後來就不想管了。我已經好幾年沒想起過這件事囉。」

光靠這幾句交談內容，不可能看穿影井的真實身分。藻川先生當然不會把這件事跟太太之前的行動聯想在一起。總而言之，這段證詞解釋了影井為什麼知道千惠埋葬在哪裡，美星小姐之前推測影井並不期待塔子能拿回正中間的畫，也變得更有說服力了。

兩人的對話在此時中斷。就連身為旁觀者的我也看得出來，藻川先生正在懷念太太的另一面，那是他現在才終於知道的。美星小姐讓他盡情沉思了好長一段時間，以彷彿在安撫吵架學生的、老師般的口吻問道：

「你願意原諒太太嗎？」

藻川先生四周長滿鬍鬚的嘴巴動了一下。

「沒關係啦。那對她來說，應該是很重要的事情吧。」

我感覺到美星小姐緊繃的肩膀好像放鬆了。真想對她說一聲「辛苦了」。

「謝啦。這樣我就沒有任何遺憾了，明天的手術也不害怕啦。」

我覺得藻川先生這句話多多少少有一點虛張聲勢的意思，但是美星小姐不肯讓他就此敷衍過去。

「你不可以說這種話啦。這是心臟手術，一定會害怕的。但是叔叔你還是要動手術，撐過這一關，讓自己恢復健康。你還有好長一段日子要活呢。」

她強而有力的口氣讓藻川先生露出有些驚訝的表情——

「說得也是。要活下來才行呀。」

然後就一邊說著一邊笑了起來。

4

切間美星小姐：

雖然突然寫了敬稱，但是接下來，請讓我叫妳美星姊姊吧。我身為外人，大概沒有理由這麼叫妳，但實在已經習慣了。

四月五號晚上我有點精神恍惚，連怎麼走回家的，記憶都很模糊，美星姊姊又被警察帶走，沒辦法和你們好好道別，所以現在才會寫這封信給妳。畢竟我直到最後都沒機會告訴妳APP的帳號，所以要傳長篇文章給妳也很困難。

美星姊姊，因為欺騙了妳，我真的感到很抱歉。

因為小原跟我說過很多有關美星姊姊的事情，所以我一眼就認出妳了。不過，雖然是在緊急情況下採取的做法，我覺得自己滿了不起的，竟然有勇無謀地假扮成小原。而且你們也正在調查和影井爺爺有關的事情，現在想起來真的覺得太巧了。不過，我總覺得影井爺爺就是有這種能夠引發神奇事件的力量。包括他和我認識的經過也是這樣。

關於遇到你們之後，在京都度過的五天……雖然不知道這麼說對不對，但我過得非常開心，覺得那是一段閃閃發亮的回憶。一個人住在旅館裡、在塔列蘭喝咖啡，然後去了天橋立。妳知道嗎？青山先生動不動就想偷窺別人的胯下喔。美星姊姊也要多加小心比較好。這件事先暫且不提，雖然並沒有忘記原本目的是要拿回畫，但我真的玩得很開心，甚至偶爾會回過神來，懷疑自己這麼做究竟對不對。現在想想，那應該也是影井爺爺給我的禮物吧。

也是因此，當青山先生在四號晚上懷疑我時，雖然有點猶豫，也覺得就算把真正的事情說出來也無所謂。因為青山先生和美星姊姊都是好人，一直瞞著你們，讓我感到很痛苦，而且你們應該可以理解我的目的。認真說起來，我一開始為了直接調查千惠女士的遺物才假裝成小原，但後來就幾乎沒有必要這麼做了，我只是不知道該怎麼收場而已，反而還因為這樣遇到一些麻煩，所以也曾經嘆著氣心想：自己真的撒了一個很笨的謊呢。

結果聰明的美星姊姊看穿了我的謊言。反正總有一天一定會穿幫，所以這件事就算了。但是美星姊姊後來跟我說的話，我到現在仍舊在思考。

一開始呢，我其實一直無法相信那一百萬日圓是影井爺爺送給我的禮物。不過，我現在已經覺得，或許真的是這樣了。雖然無論是果汁，還是糖果、點心等東西，爺爺都會很慷慨地送給我，但他沒有撫養過小孩，所以好像不知道要送什麼給我才能讓我開心呢。而且我當時也還小，會滿直接地把自己喜歡跟討厭的東西說清楚，每當我說喜歡的時候，爺爺就會露出很高興的表情。所以呢，爺爺有可能會給我任何東西，我也覺得沒有給我實體物品，而是給我錢的這種笨拙方法，很符合爺爺的個性喔。

總而言之，影井爺爺把畫託付給千惠女士，她卻比他還早過世，而爺爺也在交給我一百萬日圓後死掉了。這種結局到底是好還是不好呢？美星姊姊，妳是怎麼想的呢？爺爺他過得很幸福嗎？

雖然對千惠女士的丈夫有點抱歉，但我現在還是覺得，爺爺無法與千惠女士在重逢後再次相愛很可憐。真想跟千惠女士說，既然都欺騙丈夫來見爺爺了，就算稍微接受一下爺爺的心意也沒關係吧？因為爺爺已經沒幾年可活了……不過，一想到實際上是千惠女士先過世，我就又覺得有點搞不懂了。

我還是很喜歡爺爺，所以真的很希望爺爺走的時候是幸福的。我會忍不住想，如果他能獲得最愛的人的愛，應該就能幸福地死去了。但如果說這種話，可能又會被青山先生教訓了吧。

已經發生的事是無法改變的。爺爺過世了，雖然爺爺留給我的錢在京都待了五天後減少很多，但我手上還留有一些。我還沒有決定要拿這筆錢來做什麼。不過，因為美星姊姊說要讓這筆錢「在自己的人生中派上用場」，我也打算這麼做。我會仔細思考，並好好使用的。

接下來，我想講一些回到家後發生的事情。

我被爸媽狠狠地罵了一頓。因為五號傍晚，我媽正好在三日站發現了小原。我家和小原家就位於同一個城鎮，算是滿近的，但也不是真的離得很近，所以我原本是推測，我家人和小原應該整整一週都不會碰到面。

總之，我媽當時驚慌失措地質問小原：「我女兒不是跟妳一起待在京都嗎？」小原當然聽不懂我媽在說什麼。我在京都時，偶爾會傳照片給我媽，所以她知道我沒事，但她回家後還是很猶豫要不要報警，結果我就在那時突然回來了。也因此，落得必須把事情一五一十全部解釋清楚的下場。那時我媽的臉真的有夠猙獰的，說不定是我目前見過最可怕的表情。

唉，雖然我被罵是應該的，但我爸媽也太沒常識了吧。只要聯絡小原家或聯絡她爺爺家替我道謝，謊言馬上就會穿幫了，他們卻因為我說「會自己帶禮物過去，你們不用擔心」，就很放心地把整件事都丟給女兒處理了。妳還記得嗎？我第一天在塔列蘭和你們聊天時，曾說過至少要聯絡一下提供住處的人，才符合常識。那麼說是因為我想到自己的爸媽，覺得無論是暫住的人，或提供住處的監護人，都應該事先互相聯絡才算是常識。不過，這種話由欺騙爸媽的我來說也有點奇怪就是了。

總而言之，這次我肯定得表示反省之意才行，也被迫發誓暫時不會出遠門了。其實這次的經歷反而讓我很想再去更多地方看看，但還是忍耐一陣子吧。

我和蘭女士後來也變得有點要好。我跑去她家和她聊過了，因為蘭女士也沒有孫子，對我很溫柔喔。她還一直催我，要我多講一點跟她哥哥有關的事情呢。蘭女士現在也變成孤單一人，可能會有一陣子覺得很寂寞，所以我正在思考，要不要盡可能地多去她家玩。

我把這次的事情簡略地和小原說了。妳猜她說了什麼？

她竟然說：「如果妳告訴我的話，我就會代替妳去找畫了！」

我後來心想，啊！原來還有這個方法啊。

……再聊下去會沒完沒了，就先到此為止吧。但最後想再說一件事。

我好希望可以再跟美星姊姊多聊一些，還可以再去塔列蘭找妳嗎？畢竟我也想見見那個讓千惠女士愛得這麼深的丈夫。他一定是個非常帥氣的人吧。

這次在很多事情上真的對妳很抱歉，但我也要謝謝妳。

我很期待下次再和妳見面，請妳要多保重身體喔。

晚上走在路上，一定要多加小心喔。遇到很久沒見的親戚也要保持戒心喔！

土居塔子

P.S.　請替我轉告青山先生，我和男友分手了。

我讀完塔子寫的這封長長的信，低頭看這張時髦信紙，旁邊印著連名字都不知道的角色圖像。

「妳是什麼時候收到這封信的啊？」

「是今天早上寄到我們店裡的，大概因為她只知道這裡的地址吧。而且塔子還很老實地把放有天橋立住宿費的現金掛號信也一起寄來了。」

美星小姐正站在吧台後方擦拭著白磁咖啡杯。

「她竟然為了正式道歉特地寫信來，感覺是個好孩子呢。」

「是啊。她比我所想的更認真傾聽我說的話，還獲得了某些感觸，我知道這件事也覺得很高興。而且她還給了我很重要的忠告呢。」

「……偷窺胯下那件事完全是誣告喔。」

美星小姐輕笑了起來。我拿起放在吧台上的杯子，輕啜了一口咖啡。

藻川先生已經動完手術大約一週了。

我不知道美星小姐的調查和鼓勵對藻川先生有什麼影響。不過，就結果來說，他的手術平安無事地成功了。藻川先生從麻醉中醒來的瞬間，美星小姐終於放下心中大石，眼眶泛淚，我則對他說：「你又沒有死成呢。」結果他回答：「因為我還沒有跟可愛的女孩子玩夠呀。」總覺得好像已經很久沒聽到他講這種玩笑話了。

根據醫生所言，藻川先生很快就能夠像原本一樣正常活動了。但他還是必須安靜休養一陣子，也要先確認身體狀況沒問題，才能在店裡工作。就算回到店裡，和以前相比，工作內容應該也會減輕，盡量在不勉強身體的範圍內吧。

另一方面，美星小姐在手術結束的兩天後就讓塔列蘭再次開始營業了。

「我們已經休息很長一段時間了。要是再不快點開張營業，可能會有人以為我們倒了。」

恢復營業的第一天晚上，我打電話詢問情況時，美星小姐笑著跟我這麼說。我心想，她真是個堅強的人。

今天是我在騷動結束後第一次來塔列蘭，藻川先生還沒有回來工作。沒有他的店裡，比平常出現更多空白，總覺得少了點什麼。臨時歇業結束的消息似乎還沒完全傳開來，下午時，客人只有我一個。京都市區已經過了櫻花盛開時期，原本擠滿知名景點的賞花遊客也和花瓣一起逐漸散去。今年春天我和美星小姐都沒有多餘的心思賞花。

「其實有一件事情我原本是半信半疑的。」

我一邊把塔子的信折好一邊開口說：

「就是一百萬日圓是影井先生送給塔子的禮物這件事。雖然現在覺得這個說法大概是正確的。畢竟影井先生已經知道太太的遺物中，並沒有咖啡杯的畫了。」

無論使用什麼方法，當他知道千惠拋棄那幅畫，應該就可以想像要把畫找出來是很困難的事了。但是影井並沒有把這件事告訴塔子。如果真心希望能夠把畫拿回來，一般來說，應該會透露這件事才對。既然他沒有這麼做，影井並不期待塔子能夠真的拿回畫的說法就具有說服力了。

「不過，那是調查全部結束後，向藻川先生報告時才終於知道的真相。在妳對塔子說那番話時，我對這個假設仍舊抱持著證據薄弱的感覺。之所以銷毀遺作的照片，是因為不希望任何人看到遺作？但他說希望能夠拿回畫，因為想把帶有感謝之意的一百萬日圓當作經費送給她？唉，雖然無法完全否認這個可能性，還是忍不住覺得這個說法好像有點牽強。」

實際上，那時我並沒有對美星小姐的話表示贊同。雖然也沒有插嘴發表異議，但真要說的話，那算是察言觀色後的判斷，其實我腦中一直有疑惑在不停打轉著。

「即便如此，妳還是語氣肯定地說，影井先生不想讓任何人看到那幅畫，而一百萬日圓其實是個禮物。為什麼呢？難道妳還握有其他證據嗎？」

美星小姐靜靜地聆聽我的問題。當我說完並沉默下來，她先否認了我的推測。

「我沒有其他證據。所以你說證據薄弱是對的。」

接著，她坦白說出了一件令人大感意外的事。

「真要說的話，那時，連我也對自己說的內容是否正確沒什麼自信。我和你一樣都是半信半疑。」

「咦？但妳卻對塔子說了那種話嗎？這樣是不是有點不負責任呢？」

我下意識地說出口，才開始反省自己是否說得太嚴厲了。幸好美星小姐似乎沒有因此感到不悅。

「不負責任，或許是這樣吧。但我覺得必須要這麼說。**我認為自己必須這樣告訴塔子才行。**」

「必須這樣告訴她？為什麼呢？」

「如果不這麼做，塔子很可能會因為無法實現與影井先生的諾言，在接下來的人生中一直懷抱著負面感受吧。」

我頓時恍然大悟。美星小姐繼續說道：

「雖然是無可奈何的事情，但塔子知道無法拿回畫之後，既憤怒又悲傷，甚至還說出了怨恨太太的話。她大概也不知道該怎麼處理那筆錢吧。我覺得塔子還很年輕，不應該為了與故人的約定而一直困在這種情緒裡。如果我辦得到的話，想幫助塔子擺脫這種情緒。所以就算我知道這說法缺乏證據，還是告訴她，影井先生不想讓任何人看到畫，那一百萬日圓是影井先生想傳達的感謝之意。」

我到底在胡說些什麼啊。我原本以為不負責任這句話是在替塔子著想，但其實根本就沒有好好考慮過塔子今後的人生。那種牽強雖然不太符合美星小姐的風格，其實是為了塔子著想的溫柔表現。

「我現在完全明白了。剛才草率地說了批評妳的話，真的很抱歉。美星小姐，妳果然很厲害呢。」

一聽到我這麼說，美星小姐就搖搖頭，展現出謙虛的態度。只要看完那封信就可以明白塔子已獲得救贖。我小心翼翼地把折疊好的信放回信封裡，避免弄髒了它。

「原來塔子之前有男友啊。」美星小姐說道。

「是的。不過兩人好像相處得並不是很順利。」

「青山先生，你對她說了什麼話呢？」

「我說，希望她在愛一個人這件事上，可以再更認真思考一下。」

在此時複述這句話讓我覺得很難為情。但美星小姐卻點頭表示這是很重要的事情。

「經過這次的事情，塔子大概也想了很多吧。」

「是啊。希望她選擇分手之後，人生可以變得更美好。畢竟也算是我引導她的。」

溫暖的陽光照進店裡。查爾斯在窗邊張大嘴巴打起呵欠。店裡還是沒有出現新的客人。

「妳一個人經營這間店，還忙得過來嗎？」

我開啟了這個話題。雖然聽起來像是隨口問問，但我其實在內心鼓足了勇氣。

「只要減少餐點項目就勉強能應付……畢竟蘋果派和拿坡里義大利麵……我實在是沒辦法做出跟叔叔一樣的品質。」

藻川先生雖然是那副德性，但他負責掌廚，很擅長做菜，也有不少客人前來品嘗他做的蘋果派和拿坡里義大利麵。

「這次的事情讓我深刻體會到，不會永遠與叔叔兩人一起經營這間店。但就算只剩下我一個人，也想繼承太太的遺志，繼續守護這間店。」

美星小姐似乎已經作好覺悟了。有這樣的決心非常好。但是，如果太鑽牛角尖的話，下次可能會輪到她因為勉強自己而倒下。

我喝口咖啡潤潤喉，為了把接下來的話流暢地說出口。

「妳要不要雇用我呢？」

美星小姐在吧台內側工作的手停了下來。

「……你剛才說什麼？」

「就算藻川先生回來了，也沒辦法再像之前一樣讓他在店裡工作那麼久了吧。他工作的步調要再更放鬆一點才行。」

「你說的或許也沒錯。」

「但是，塔列蘭現在已經變成比以前更受歡迎的店家，甚至正處於可以考慮增加人手的階段。就像前年夏天妳找美空來打工一樣。要是藻川先生又減少工作時數，妳應該會希望有人可以填補這個空缺吧？」

「嗯，這我並不否認。」

「既然如此，要不要試著雇用我呢？我想除了美星小姐和藻川先生之外，我應該比任何人都了解這間店，而且也可以驕傲地說，自己比一般人還熟悉咖啡，更重要的是，妳已經親自教過我煮咖啡的方法了。雇用我的話，可以馬上幫上忙喔。」

「那個，青山先生，你是認真的嗎？」

「我才不會開這麼惡劣的玩笑，但也要妳樂意接受就是了。」

雖然從自己口中說出來有點奇怪，我覺得這是個令人興奮的提議。不過，美星小姐看起來不太感興趣，害我的氣勢也弱了幾分。

「青山先生，你的目標不是總有一天要自己開店嗎？」

「我又沒有說要放棄。就算在這間店工作，也可以一邊思考未來的規劃。」

「可是……」

「我不是因為同情才衝動提出這個建議。這是我在這一週考慮許久才得到的結論。我想在這間店工作。」

塔列蘭咖啡店至今曾多次接納我、治癒我、安慰我，並為我帶來樂趣。我想要回報這份恩情，想待在美星小姐身邊支持她。我是打從心底這麼想的，不是基於半吊子的心態。

美星小姐的沉默感覺持續了非常久，但她最後笑了起來。

「我知道了。因為無法馬上決定，所以請你稍等我一下。畢竟這件事我也想和叔叔談談。」

「請妳盡量好好考慮吧。當然了，如果覺得很為難，就算拒絕我也沒關係。反正我覺得我們的關係也不會因為這種事就改變。」

「好的。——青山先生。」

「有什麼事嗎？」

「謝謝你。你的心意讓我覺得非常高興。」

我的心跳突然變快了。

「不，妳太客氣了。」

我為了掩飾害羞而喝起咖啡。然後直接一口氣把整杯咖啡都喝完了。

我一邊盯著空杯子一邊想，盛滿這個杯子的咖啡是千惠和影井曾經相愛的證明。千惠為守護這個味道開了店，最後與藻川先生結婚。影井在這段期間也從未忘記千惠。四十年後，影井奇蹟似地與他最愛的人重逢，把自己的愛注入畫中，完成一幅咖啡杯的畫。回到家的千惠也因為修理過的咖啡杯而體認到丈夫的愛有多深……

咖啡杯裡面裝滿了許多愛。它的苦澀、甘甜和溫暖全都源自人們的愛。

這是一種多麼幸福的飲品啊，所以喝的人才會感到幸福。

「你剛才說，你覺得我們的關係不會因為這種事就改變，對吧。」

美星小姐突然開口這麼說。

「嗯。我是這麼說的。」

「但我覺得，或許我們的關係稍微改變一下也不錯喔。」

我仔細一看，發現美星小姐的臉頰變得很紅。

——我們知道了各式各樣的人的愛。影井的愛、千惠的愛，以及又次的愛。
我決定，我也要貫徹自己的愛。
「我應該還有一個問題沒回答妳對吧。」
「什麼問題？」美星小姐說道。
「就是在天橋立過夜時，妳一邊看著雨一邊問我的問題。」
——如果青山先生你和我不認識的人結婚。
——我們彼此都上了年紀之後，在我得了病，說不定很快就會死時，如果我說我想見你，你還願意見我嗎？你會來見我，然後接受我所有任性的要求嗎？
「我不是叫你忘了那個問題嗎？」
「如果，以這種事根本不可能發生的意義來說，我的回答是否。」
美星小姐的臉上瞬間浮現失望的神色。我急忙繼續說道：
「因為這個問題的前提本來就很奇怪。我不會和妳以外的人結婚。在現實中不可能發生的假設性問題是沒有意義的，所以我會否定整個問題。這就是我的答案。」
其實我只要一開始這麼說就行了。就算很不切實際，或聽起來像場面話都沒關係。我當時就應該要對她說這些話的。
「我希望我們能成為跟藻川先生和太太一樣美好的伴侶。美星小姐，妳願意和我正式交往嗎？」

我終於把在相遇後的三年裡，一直沒有明確表達的事說出口了。

美星小姐不只是臉頰，連耳朵都脹紅了。我想我應該也是如此吧。

「在回答你之前，我想先確認一件事情。」

「什麼事？」

「你應該沒有喝酒吧？」

——我拒絕接受喝醉酒的人隨口說出的表白！

她的吶喊在我腦中復甦。我忍不住笑出聲來。

「是的。畢竟這裡是一間不提供含酒精飲料的咖啡店啊。」

美星小姐今天也淡淡地微笑著，和我們初次相遇時一樣。

——我希望自己也可以在咖啡杯中注入純粹的愛。

氣候宜人的春天，充滿新人生即將開始的氛圍。

終章

愛將繼續傳承下去

白色浪花不停地打上沙灘。

一對年輕男女靠在一起行走，似乎感覺很冷。男人個子較高，步伐也較大，女人必須走得更快才能跟上他。兩人很少說話，但不會讓人覺得喘不過氣，氣氛相當悠哉輕鬆。女人的長髮隨著海風飄揚。

「喂。」

女人突然停下來指著海灘邊緣。男人也停下了腳步。

「嗯？」

「你看，好像有東西掉在那邊。」

前方距離兩人約二十公尺處，有個四方形黑色物體掉落在濕潤的沙灘上。

「那是什麼？」

「有點好奇，我們去看看吧。」

兩人快步走向那個物體。它的形狀像是一塊板子，大小和學校用的筆記本差不多。因為用舊款的垃圾袋緊緊包裹起來，所以是黑色的。

女人小心翼翼地問道：

「要打開來看看嗎？」

「如果放在這裡不管，回家之後肯定會很在意的。」

男人說完這句話，就把物體撿起來，並撕破垃圾袋。

雖然包裹得密不透風，但他奮戰一陣子後，裡面的東西就露出來了。

是一張已經畫了東西的畫布。

「這是海邊吧。」女人說道。

「是在這裡畫的嗎？」男人如此反問。

「說不定是從其他地方漂過來的喔。」

「這是咖啡杯對吧？」

畫的正中央畫了一個咖啡杯，背景是海邊。杯子放在茶托上，然後從畫的兩側伸出四隻手拿著它。

「好神奇的畫喔。」

「嗯。不過畫得很好。」

「你對美術很了解嗎？」

「一竅不通。但我隱隱約約地這麼覺得。」

女人看到男人把畫布拿起來，感到很驚訝。

「你該不會要把它帶回家吧？」

「我們是開車來的，應該沒問題。」

「是這樣沒錯啦，但我們連這幅畫的作者和創作目的都不知道耶？」

「又不會怎麼樣。我很喜歡這幅畫，說不定是有名的畫家畫的。」

「那才不可能掉在這種地方呢。」

「誰知道？說不定它值一大筆錢。」

「你是因為這樣才要帶它回家的嗎？」

「不。我只是覺得，我們剛搬進去的那個家看起來還很單調，多點擺飾應該會比較漂亮吧。」

女人聽完後露出了微笑。

「這幅畫感覺很適合我們家的氣氛呢。」

「對吧？好，那就這麼決定了。」

男人的手因為接觸到潮濕的包裹，變得相當冰冷。女人便用雙手包住他的手，想讓它恢復溫暖。

「等我們回到家，就來煮咖啡吧。」

「這點子不錯。我看到這幅畫後也正好想喝咖啡了。」

「你知道嗎？以前好像有個偉人曾說過，咖啡和地獄一樣滾燙。」

「地獄的話我倒是敬謝不敏，但在這麼冷的天氣裡，來杯熱呼呼的咖啡是最棒的呢……」

兩人就這麼牽著手離開了。帶著那幅不知道屬於誰的畫。

細雪若隱若現地從厚重的雲層裡四散飄落。沙灘上只留下兩排長長的腳印，將曾經待在那裡的人的殘影永遠保存下來。

後記

大家好，我是岡崎琢磨。雖然讓讀者等了三年，但是本書《咖啡館推理事件簿6：盛滿咖啡杯的愛》終於問世了。

因為難得有多的篇幅可以寫後記，請讓我在這裡稍微解釋一下，為什麼花了三年才寫完續集吧。

《咖啡館推理事件簿》（以下簡稱塔列蘭）是我的出道系列作，也是我一直在其中嘗試各種挑戰的系列作品。第一集把投稿新人獎的獲獎作品全面修改，第二集設法擴展第一集的風格，第三集以專業作家身分首次挑戰長篇，第四集是短篇集，第五集則回歸起點，算是一本集大成的作品。

在創作每一本時都吃了不少苦頭，其中特別辛苦的是第五集，我在創作過程中讀完了《源氏物語》全集（雖然是與謝野晶子所翻譯的現代日語版）。寫完第五集時，我忍不住覺得自己想在塔列蘭做的事情好像已經全部做完了。

除了這個系列作，我在其他作品裡也持續進行各種挑戰。塔列蘭第五集出版後，隔年我連續發行四本單行本。那四部作品風格完全不同，雖然無法判斷自己的挑戰是否算是成功，但全都是讓我難以忘懷的作品。

在創作那四部作品的期間，我也曾陷入低潮，覺得自己或許再也無法寫出有趣的小說了。當我咬緊牙關，想盡辦法克服低潮時，心中終於浮現「差不多該寫塔列蘭續集了」的想法。

我的挑戰絕對不是白費工夫。本書運用了許多我在創作《奪回夏天》（東京創元社）時學到的技巧、知識。如果沒有創作那部作品的經驗，我是無法寫出這本書的。若各位讀者願意把兩本書拿起來互相比對，應該可以清楚地看出這件事。

我在構思本書內容時，決定要寫一個和之前那些黑暗沉重的系列作品強烈對比的、無比幸福的故事。我在撰寫本篇後記時，還無法得知各位讀者會如何看待這樣的嘗試。但是，無論是青山還是美星小姐，偶爾也該享受一下幸福不是嗎？或許是我那還沒有機會在私生活派上用場的父母心讓我產生這種想法吧。

我想應該也有讀者開始期待續集了，所以就簡單地在此說明。我目前仍打算繼續寫下去，也不想讓各位讀者再等我三年。所以還請各位今後也陪著我繼續創作下去。祝各位每日都是美好的一天。

日本暢銷小說 96

咖啡館推理事件簿6
——盛滿咖啡杯的愛

國家圖書館出版品預行編目資料

咖啡館推理事件簿6：盛滿咖啡杯的愛／岡崎琢磨著；林玟伶譯. -- 初版. -- 臺北市：麥田, 城邦文化出版：家庭傳媒城邦分公司發行, 2021.02
面；　公分. --（日本暢銷小說；96）
譯自：珈琲店タレーランの事件簿6 コーヒーカップいっぱいの愛
ISBN 978-986-344-850-1（平裝）

861.57　　109018247

COFFEE TEN TAREERAN NO JIKENBO VI
COFFEE CUP IPPAINO AI
by Copyright © OKAZAKI TAKUMA
Cover illustration shirakaba
Original Japanese edition published by Takarajimasha, Inc.
Traditional Chinese translation rights arranged with Takarajimasha, Inc.
through AMANN CO., LTD.

ISBN 978-986-344-850-1
Printed in Taiwan.
本書若有缺頁、破損、裝訂錯誤，請寄回更換。

作者｜岡崎琢磨
譯者｜林玟伶
封面設計｜莊謹銘
責任編輯｜李培瑜

國際版權｜吳玲緯　楊靜
行銷｜闕志勳　吳宇軒　余一霞
業務｜李再星　李振東　陳美燕
總編輯｜巫維珍
編輯總監｜劉麗真
事業群總經理｜謝至平
發行人｜何飛鵬
出版｜麥田出版
115台北市南港區昆陽街16號4樓
電話：(02) 2500-7696
傳真：(02) 2500-1967
部落格：http://ryefield.pixnet.net
發行｜英屬蓋曼群島商家庭傳媒股份有限公司城邦分公司
地址：115台北市南港區昆陽街16號8樓
網址：http://www.cite.com.tw
客服專線：(02) 2500-7718｜2500-7719
24小時傳真專線：(02) 2500-1990｜2500-1991
服務時間：週一至週五09:30-12:00｜13:30-17:00
劃撥帳號：19863813　戶名：書虫股份有限公司
讀者服務信箱：service@readingclub.com.tw
香港發行所｜城邦（香港）出版集團有限公司
地址：香港九龍土瓜灣土瓜灣道86號順聯工業大廈6樓A室
電話：+852-2508-6231
傳真：+852-2578-9337
馬新發行所｜城邦（馬新）出版集團
【Cite (M) Sdn. Bhd. (458372U)】
地址：41, Jalan Radin Anum, Bandar Baru Seri Petaling,57000 Kuala Lumpur, Malaysia.
電話：(603) 90563833
傳真：(603) 90576622
電郵：services@cite.my

印刷｜中原造像股份有限公司
初版｜2021年2月
四刷｜2024年5月
定價｜280元